拾零妙悟

张星亮 著

山东大学出版社
SHANDONG UNIVERSITY PRESS

图书在版编目(CIP)数据

拾零妙悟/张星亮著.—济南:山东大学出版社,2023.9

ISBN 978-7-5607-7834-1

Ⅰ.①拾… Ⅱ.①张… Ⅲ.①随笔－作品集－中国－当代 Ⅳ.①I267.1

中国国家版本馆 CIP 数据核字(2023)第 078906 号

责任编辑 傅 侃
封面设计 王 旭

拾零妙悟

SHI LING MIAO WU

出版发行 山东大学出版社
社　　址 山东省济南市山大南路 20 号
邮政编码 250100
发行热线 (0531)88363008
经　　销 新华书店
印　　刷 济南升辉海德印业有限公司
规　　格 880 毫米×1230 毫米
　　　　 8.25 印张 174 千字
版　　次 2023 年 9 月第 1 版
印　　次 2023 年 9 月第 1 次印刷
定　　价 68.00 元

拾零桐残叶黄，
妙悟生命真谛，
开启心灵之门。

且听星亮妙悟声
（代序一）

我和张星亮董事长几乎天天在微信上交流，我读他的“星语分享”，他读我的“每日心语”，双向感应，互受启发，相得益彰，说得上水乳交融。

星亮是一位既有智慧又很勤奋的成功人士。这些只要看看他做成的事业和已经出版及将要出版的著作，就一目了然了。他曾经是一名军人，转业地方发展到处级干部，仕途正盛却顺应时势，辞官经商创业，路子走得虽然艰难，却很成功。他开过矿，办过特色宾馆，做过集团公司总经理，帮助多家民营企业实现年利税过亿元。他一手创办的复情博物馆，藏品令人惊叹！现任山东潜军智能科技有限公司董事长，事业稳健发展。

星亮 1960 年出生于宋代词人辛弃疾故里。年过六旬时，开始动笔写些人生感悟抒怀。每天撰写一篇

"星语分享",通过微信推到群里与近万好友分享。日积月累汇集成书,叫作《星吟自度》。2022年6月亲自签名送我一本,我刚刚读完,他的第二部新作《拾零妙悟》又脱稿了,即将付梓之际,他把新书稿本送我阅读,并嘱为其作序。

摆在案头上的星亮两部大作,一前一后,一部成书,一部成稿。两相对比品读,我的心潮随着书中思想的深度不断起伏。两部著作书写的都是人生励志和生活体悟,极富哲理,给人启迪,可谓之姊妹篇。在那些星吟妙悟里,让人看到了作者才思泉涌的气度,好学善思的风度,对人生认识的深度。我敢肯定,这种被彰显出来的思想火花,如果没有饱读经典和长期历练的积累,是绝对不可能轻易做到的。

星亮这两本书,都是采用生活随笔的形式写作的,散而不乱,简洁明快,风格独特。读起来使人轻松愉悦,总有一种"心灵鸡汤"式的精神化育。尽管洋洋洒洒几十万字,涉及社会生活的方方面面,但始终折射的是同一个主题,那就是"勤奋,成就生活之美"。

是的,勤奋是一种力量,一种与时俱进、自强不息、奋斗不止的力量,是成就一切事业的精神支撑。人生在世,区区百年,匆匆一日,忽忽一生,若不能惜时如金、脚踏实地、争分夺秒地多做一些有益于人类文明发展的事情,暮年到来就可能后悔不迭。生活需要挑战，挑战的就是自我。迎接挑战不仅需要智慧和勇气，更需要勤奋和坚守。华罗庚先生说过，“勤能补拙是良训，一分耕耘一分才”，“聪明出于勤奋，天才在于积累”。星亮取得的成果，哪一样能少了他付出的勤奋和汗水？他是一家现代企业的董事长，每天都在迎接来自商海里的各种各样的挑战，却坚持阅读经典，并每天写一则“星语分享”，没有特别勤奋的坚守，怎么可能做到？泰山不是垒的，学问不是吹的。这正是“日日行，不怕千万里；常常做，不怕千万事”啊！

生活是公平的，要真正活出精彩，需要一颗奋进的心。生命在于发现美，更在于创造美。生活之美在于渴求探索中的奋发向上，在于平凡朴素中的妙悟创造，在于不懈努力中的成就分享。路就在脚下，它是由人走出来的。愿所有读到星亮著作的朋友，都能从中获取这种奋发向上的能量，因为在其书稿的字里行间，处处弥散着勤奋和创造的因子，那生活之美的花香，那催人奋进的岩浆，那世间百态的生机，无不在他的笔下释放出文字之美。

原山东省委常委、省军区政委　吕民松

2022 年 10 月 26 日

读《拾零妙悟》有感
(代序二)

张星亮的首部随感集《星吟自度》出版后,得到了读者的广泛赞誉。他仍笔耕不辍,坚持每天编发《星语分享》,现又积累二百余篇,结集为《拾零妙悟》,这可以看作《星吟自度》的续篇。

正如星亮所言,他出版《拾零妙悟》,不图名、不图利,也不奢望成为所谓的作家:“就是从心灵深处,总觉着有一种使命,愿意将自己的人生抒怀与好友分享,这是一种美好的享受。而坚持写作又会让自己对自己有更清醒的认识,不至于迷茫狂妄。”正是这种认知,让他在人生道路和创业历程中始终保持着清醒,与世界的纷繁保持着适当的距离。

《拾零妙悟》保持了《星吟自度》的特点,表达了他对人生的深切感悟。他说:“在我们的生活中,浮华的东西太多。‘乱花渐欲迷人眼’,这世间的诱惑,很容易让人迷失方向。所以要守住心灵的宁静,学会自律,保持清醒的认知。"这种自省是难能可贵的。他是著名的企业家,在多年的经营中积累了巨大的财富,他收藏的玉石字画等价值连城,但他说那都是国家的宝贝,他不过是在为国家和人民当一个守护者。他要建一个博物馆,让那些宝贝服务于社会和人民。

读他的这些感悟你可以看到一颗从军营里锻炼出来的爱国、爱党、爱民的红心,听到一个奋斗者的心声。他说:"'撸起袖子加油干'是时代发展的最强音,是民族复兴的伟大召唤。中华民族的发展史就是无数先烈先辈牺牲生命而铸就的苦难辉煌;在未来民族复兴的舞台上,不要当'导演'指手画脚,不要做旁观者说三道四,也不要做'甩手掌柜'装聋作哑;要争做支持者、维护者、参与者、实干者、拼命者,共享民族伟大复兴的辉煌成就与荣耀。这不仅是道理,也是真理,更是使命。活出精彩,活出价值,这样的人生才有意义!"

星亮是著名企业家,但也是一个认真读书的人。从这些随感中你可以看到他知识的广博、读书的勤奋和思想的深刻。他说:"阅读了些书籍,看了些红尘漫旅的缤纷浮华,尝了些人间的酸辣苦咸,心态变得平和了,无论遇到什么事都变得能想得开,看得开了,这都得益于编发抒怀带来的思考与沉淀。"

星亮的随感不是空洞的说教,他常结合具体事例来阐发道理。语言也很精练,像诗歌,像格言,让人过目不忘。如:

点亮心灯,再难再险再漫长的夜路,也不会走错方向;

坚信:

再长的夜也有黎明;

再长的路也有尽头;

再高的山也起于脚下。

闪光的足迹一定照射出未来美好的锦绣前程!

星亮的随感录是生活经验的提纯,是人生哲理的探究,是思想闪耀出的明亮火花,也是他生命历程中刻下的足迹。读读这些人生路上的"拾零",你定会得到"妙悟"的。

山东大学文学院教授　耿建华

2023 年 3 月

目　录

触景抒怀

记忆的答案

在这个世界上，谁也拦不住岁月的前行，谁也改变不了时间老人秉持的公正。

谁是谁非，时间最终会给出答案。

掩盖只能扫清当前的非议，但它永远抹不掉历史的记忆；

纵使岁月无情，但它永远剥夺不了每个人记忆的权利！

可以留住美好的记忆，

可以铭记友谊的温馨，

可以咀嚼曾经的慰藉，

可以体味往昔的悲喜。

回忆曾经的自己，曾经的所为：

有些能引以为豪，

有些却贻笑大方，

有些事啼笑皆非，

有些经验可以立言传世，

有些教训也是刻骨铭心……

被人伤过心，也曾伤过他人心，是是非非，天知地知，凭的全是一颗良心。

曾经交往的人和事，形形色色，光怪陆离：

有些忆起，激动感动；

有些想起，温暖温馨；

有些说起，感恩戴德；

有些回味，终生难忘。

然而，

有些忆起，伤心伤肺；

有些想起，沉默蔑视；

有些说起，义愤填膺；

有些回味，扼腕叹息。

回放尘封记忆的胶片，

治愈曾经留下的心病，

曾经的岁月，曾经的故事，都是笑谈。

曾经的逞强，曾经的动容，皆为虚妄。

岁月回放的记忆画面，皆如人生路上不期而遇的石头，

你若是一个小水坑，便会水花四溅，污泥乱飞。

你若是一片大海，便会平静无波，淡泊宁然。

相向而行是殊途

开车有了导航真好！
可以在它的指挥下准确抵达想去的地方。
然而，
导航再好，给的只是方向，
如果没有一辆有油、有动力、没毛病的车，
也难顺利到达目的地。
人生有个导师真好！
可以在他的教导下圆满实现人生的梦想。
然而，
导师再好，给的只是目标，
如果没有自己勤奋、坚持、刻苦的努力，
也难实现美好的人生梦想。
玉石籽料再好，

没有匠师的剔皮除瑕精雕细刻也不会成为珍品。
俗话说，
动嘴不如动手，心动不如行动。
再好的机会，
若不好好利用，也是白白浪费。
脚下的路，没人替你走；
心中的梦，没人替你圆！
勤奋成就人生，
实干成就梦想；
没有等来的辉煌，
只有拼来的精彩。

让 步

让步，是一种涵养，是一种善良，是一种远见，是一种境界，是一种格局。

懂让步，会让步，能让步的人，是最值得深交的人。

一个谦逊、坦诚、大度的人也是最有德行、修为和人格魅力的人。

让步不是软弱怯懦，让步不是畏惧不前。

让步是一种胆识，一种“退一步海阔天空”的智慧，也是一种磊落光明的真诚，更是一种高尚与纯真。

在这个世界上，最难得的是真情，最难还的是人情，最难受的是无情。

所以，珍惜缘分，珍惜情分；怀揣善念，知恩感恩；真诚相待，以心交心——会让步才有退路，有退路更能进步！能让步就有后路，有后路更能阔步！只有阔步才能迈向更广阔美好的世界！

“老言”正道

很多时候,年轻人对老人和长辈的叮咛嘱托缺乏耐心,不够虚心,严重的甚至产生逆反心理与抵触情绪,做出叛逆事情。

这是传统礼仪严重缺失的表现,是浅显无知的固执任性,是步入迷途的前兆,是不撞南墙不回头的冒失,是聪明反被聪明误的糊涂。

常言道:“家有唠叨虫,一辈子不受穷。”

老人的直言是实话,
老人的絮叨是牵挂,
老人的叮嘱是加持,
老人的啰嗦是成全,
老人的痛斥是救赎。

年轻人是老人基因的延续,
老人是年轻人生命的根脉。

年轻人和老人相融相生,相得益彰!

昨天　今天　明天

牵手晨曦，与太阳同起，
握别余晖，与太阳同息。
让“忙”与“芒”同晖！
不躺在床上百无聊赖，
不憋在家里无所事事，
不庸人自扰无事生非，
生活自然会轻松愉快。
放手昨天，与不快与缺憾告别。
牵手今天，与志同道合的人携手向前。

拥抱明天，与灵魂相近的人同舟共济，共同享受阳光灿烂的日子。

夜晚到来，惜别今天，伴着值得回味的故事，进入美妙的梦乡。

一觉醒来，身披彩霞，昂首阔步，迈向光明的远方！

“命运”与“运命”

宅男宅女，
高楼矮屋是裹足不前的牢笼。
雄鹰海燕，
苍穹碧海是任其翱翔的舞台。
快乐成功的价值，
取决于心灵天地的大小；
快乐成功的质量，
取决于心理承受能力的体量；
快乐成功的品位，
取决于心理定位的趋向。
环境可以影响改变提升生活的品位，
而心态却可决定对环境优劣的取舍。
信命，不认命；
要相信命中有运，也要相信“运命”也能改变“命运”。

因为，
机缘巧合赋予生命，
后天努力决定命运。
命在天不在我，
运在我不在天。

灵魂相似的人

大千世界，芸芸众生，不是所有的人都能与你掏心掏肺，也不是所有的人都会对你真情实意。

只有灵魂相似的人，才会在芸芸众生中与你走到一起。

正如《吸引力法则》中说的："你是什么样的人，就会吸引什么样的人和能量。"走着走着，你就会渐渐明白，所有灵魂的相遇，其实都是因你而来。

那些与你灵魂相似的人，之所以能够穿过茫茫人海与你相遇，说到底，就是因为你们频率相同，三观契合。

灵魂相似的人，因为频率相同，所以更懂得珍惜情谊。

灵魂相似的人，因为三观契合，所以更能够换位思考。

谁能走进你的生命之中，谁能成为你的灵魂伴侣，看的就是你自己。

所以，不要担心人生路上，遇不到与自己灵魂相似的人。所谓“你若盛开，蝴蝶自来”，你只要做好你自己，自然就会吸引与你灵魂相似的人。

你要相信，灵魂相似的人，总有一天会在路上相逢。

明白人

吃一堑，长一智，是明白人；

吃一堑，长两智，是聪明人；

吃一堑，长三智，那是圣人。

做个聪明人不易，做个圣人那是难上加难，做个实实在在的明白人足矣。

何谓明白人？就是明白自己，明白他人，明白世事时势。

在我们身边有三种人很难理喻。

第一种人是真不明白之人。这种人真不明白自己几斤几两，不知道自己能吃几碗干饭，就对他人评头论足，说长道短，就对世事时势不着边际地高谈阔论，这是地地道道的“无知”。

第二种人是带着各种头衔，披着各种外衣的假明白之人。不明白装明白，装腔作势，故弄玄虚，跨行指导，跨界点评，黑白颠倒，信口雌黄，害人最深。真不明白之人并不可怕，最可怕的是假明白之人混淆是非。

第三种人是揣着明白装糊涂，明白不说明白，明哲保身，自私自利，缺失正义公心，十足的“伪君子”。

真正的明白人，他们谦逊大度，光明磊落，大公无私、踏实严谨，能清醒地认识自己，也能公正地评价他人，客观地就事论事。

所谓“世事洞明皆学问，人情练达即文章”。

人生真明白自己，能明白他人，洞明世事时势，做一个实实在在、真真正正的明白人，便是人生顶级的实力。

争，斗，等

欲得到自己想要的东西，
有时要争，
有时要斗，
有时要等。
争与让并不矛盾，争有原则，让有底线。
该争的努力争取，该让的让出风格。
争不是斗。
若发展到斗，付出的代价就会很大；
况且斗未必能得到。
但不得不斗的时候，
就要一斗到底。
等，是知道已经属于你了，
早一点晚一点没多大关系，反正跑不了。
这些，都是已经有所付出，名义上已经得到，只是还未到手的东西。

凡是能等到的东西，都是应有之物，得之安心，用之随心。

争来的，斗来的，等来的，

都不是唾手可得的。

都曾有所付出，也都有底线原则。

只是代价多少而已。

交友有术

1.知心朋友的多少,决定了生活质量的高低。

2.永远不要和永远不吃亏的人交往。

3.你需要多少人的爱,就要先爱多少人。

4.要想实现自己的利益,先要满足他人的利益。

5.从你交往的朋友身上,可以看出你的品性。

6.一只手慈爱,一只手取舍。

益友教会你如何爱,损友教会你如何坏……

古人讲识人用人:闻其声,观其行,察其色。

阅人无数也要阅人有术:

听其言,看其行,察其变,揣其心,断其诺。

交友交际是教科书外的无字天书,要在社会大学里慢慢领悟。

拾级而上

人生就是一场拾级而上的旅程，只有不断向上攀登，才能看到天高海阔与云霞翻涌。

望洋兴叹，仰山止步，故步自封，墨守成规，还有孤芳自赏抑或好高骛远，都是对美好生命的亵渎与浪费。

人生不求完美，但求尽力而为；不因碌碌无为而叹悔，不为荒度时光而痛惜。

无论梦想是什么，无论路多么遥远曲折，只要坚守灵魂深处的热爱与追求，终会走上属于自己的舞台。

曾经尽力努力，成与败，都是人生路上的一道风景线。

风花雪月的世界，靠心境坚守自我，靠双手撑起未来，靠双脚丈量脚下的桥梁山峦与江湖陆路，才是人生价值的体现。

时间不能复制，人生不能重演，年龄有增无减，时间如金莫浪费，人生宝贵莫荒废。

行动起来，不畏开始，不惜力气，就一定会遇到更好的自己！

至简　至纯　至美

大道至简，三千繁华，终归朴素。

庄子说："朴素而天下莫能与之争美。"

朴素，是极致的美。

譬如一枝白莲，立于水中，不染纤尘，素雅高贵，胜过万千姹紫嫣红。所以古人说："淡极始知花更艳，愁多焉得玉无痕。"

至真至纯的朴素，是极致无瑕的美。

俗语常说："生活既有烟火俗常，也有诗意清欢。"烟火是为了谋生，诗意却蕴含在其中。

脚踏实地地做人，

勤奋扎实地努力，

认认真真地生活，

这便是美的所在。

读懂了人生，繁杂烟花都是浮云。

读懂了岁月，烦扰忧虑皆是过客。

尝遍天下美食，才能感受到粗茶淡饭的温馨。

历尽世间喧闹浮华，自然能明白平凡生活的可贵。

越高贵的人，越朴素。

心安茅屋稳，性定菜根香；

世事静中观，人情淡始长。

知交无价

何为知交好友？
不在职业职位，
不在富贵贫穷，
不在年龄悬殊，
不在本事能力，
不在性格情趣，
不在文化学历，
不在肤色信仰，
不在地域风俗，
在于——
换位思考，体恤宽容；
生活困难，雪中送炭；
偶遇瓶颈，倾囊相授；
忙碌劳顿，相携共苦；

事事着眼,处处用心;

不问缘由,实心实意;

默默无闻,全力以赴。

平时不常见,彼此有牵挂。

不客套敷衍,不居功自傲,只有默默的祝福。

感恩牢记于心,报答时时挂心。

情义牢不可破,知交坚定不移。

这样的知交好友,无价!

好心　好命　好运

心静无灾，
心善无祸，
心净无患，
心好命好。
心好命好，富贵伴终老。
心好命不好，祸已远离。
命好心不好，福渐离去。
心命俱不好，遭殃且贫乏。
心可挽乎命，
心好行好，命能改好。
心越善良，人越幸福。
若心越好，人越幸运。

佛语云：“一切福田，不离方寸；从心而觅，感无不通。”

相由心生，境随心转，命由心造，所以改变命运的根本之法就是从改变心念开始。

守好心，做好人，说好话，行好事，善心与善意所堆砌的人格和品行，或许能在不经意间带来惊喜和好运。

交友有道

人切忌乱交朋友，大多数灾难都是交友不慎带来的。

物以类聚，人以群分，与凤同飞，必出俊鸟，与虎同眠，没有善兽。

能达到的高度，要看和谁相交相伴同行。

正能量的人，可以感染感召你勤奋进步。

负能量的人，会引导你步入深渊。

要成事进步，必须放弃低质量的人际关系，尽量交往人品好的人。

对于小人抑或伪君子，切记要远离，不可过于接近。

善良给对了人收获感恩，

善良给错了人令人寒心，

心软给对了人情会更深，

心软给错了人徒增懊恼。
什么是真与假？
时间会验证真伪，
岁月会看清真相，
日久不一定生情，
但一定能看透人心。

厚德如金

德贵如金，

金子纯度越高，价值越高；

道德情操高尚，人格越高。

做人一辈子，人品做底子。

道德可以弥补智慧上的缺陷，但智慧永远弥补不了道德上的缺陷。

人有两种魅力，一种是人格，一种是思想。

品行是一个人的内涵，行为是一个人的外貌。

做人，对上恭敬，对下不傲，是为礼。

做事，大事不糊涂，小事不计较，是为智。

对利，能拿六分，只拿四分，是为义。

对人，表里如一，真诚以待，是为信。

修心，推己及人，敬天爱人，是为仁。

以智为基，

以德为根，
以信为本，
以诚为先，
以仁为魂。
自律是做人之本，厚德是为人之道。

真心爱你的人

想要找你，

踏破铁鞋、寻遍世界定能找到。

想要见你，

跨越千山、穿越城池自能会面。

愿意等你，

纵岁月夺去年华，痴情不改。

真心爱你，

心里再也装不下第二个人。

中途下车的人，不是风景不够美，而是用心不够真。

半路转身的人，不应埋怨缘分浅，只怪用情不够深。

陪你笑的人，不一定能陪你哭；

但能陪你哭的人，一定愿意陪你笑。

别为放弃你的人去流泪，因为不值得伤悲。
别为失去的感情去追悔，因为不值得沉醉。
经历一些事情，才能看清真情；
看清真情，才能悟透真心。
爱你的人不会走远；
不爱你的人终会离去！
真情胜过万水千山，真心方可感天动地。
感恩生命中真心爱你的每个有缘人。

理在哪儿？

理在道上。
道是众人踩踏出来的或是众人共同铺就的，
那么理就在大众的共识共鸣里。
有理走遍天下，无理寸步难行。
一时强弱在于力，万古胜负在于理。
虽有此俗语，
但万事并不是有理就行。
所以，占理、说理、辩理、据理、争理是门大学问。
灯不拨不亮，理不辩不明。
据理力争的艺术在于表述的方式方法。
争的方式，公众共识。
争的方法，公众共鸣。
争时能够，循道据理。
争的目的，理在服众。

理在众心昭天下，
天知地鉴鬼神敬。
自私自利舍公知，
众人唾弃事难成！

无 奈

大千世界，芸芸众生，万人万面孔，万人万心思，万人万口味……

万万人兴许都可以任性取舍，品尝人间的滋味，

然而有一种滋味却很难逃避，那就是无奈。

无奈是任性的背面，无奈有不确定性，难以预见，更无力控制，使人措手不及而被迫接受现实，

无奈花的怒放凋零，

无奈人的生老病死，

无奈人的天赋差异，

无奈人的学非致用，

无奈人的职位悬殊，

无奈人的境遇不同，

无奈人的乡风民俗，

无奈人的地域风光，

无奈大自然的骤变狂袭,

无奈……无奈……

既然知道无奈的存在,就欣然面对接受。

既然明白无奈是一种必然,就不要为无奈纠结偶然,更不该怨天尤人。

就像在这个世界上,人类对很多自然灾难束手无策,无奈之下被迫顺其自然;一味地抗拒没有意义,接受现实才是跨越困难的第一步。

担当就是爱

守信，足以立人。
身先，足以率人。
轻财，足以聚人。
量宽，足以容人。
律己，足以感人。
智慧，足以化人。
勤谨，足以服人。
榜样的力量是无穷的。
做好自己，就是最好的担当，
做好自己，就是最大的爱。

人人都是一本书

人人都是一本书，内容大相径庭。

读懂一本书容易，读懂一个人却很难，读懂自己更难。

有一句歌词："三分天注定，七分靠打拼。"这句歌词似乎道破了人生的定律。

"三分天注定"，就是人的命运有"三分"难预知、难左右、难把控，自然也难确定未来的结局。

"七分靠打拼"，却指明了人的命运实际还是在自己的掌握之中，真正能做到七分真打拼的是圣人或伟人。

回望历史，不知有多少人在"天注定"的命运之下随波逐流，终其一生。

这也是人很难读懂自己、掌控自己命运未来结局的"主因"。

有时我们也能在别人的书中或影视剧中看到自己的影子，或能产生共鸣的人和事。

德国哲学家叔本华曾说过："学者是成天阅读、研究书本的人。而思想家、天才以及那些照亮世界、推动人类发展的人，则是直接运用世界这本大书的人。"

所以，世界上的芸芸众生，他们的喜怒哀乐、悲欢离合，无论平凡还是精彩，都是点缀世界的生活之书与生命之书！

安康幸福的根源

人对我好，感恩之。

人对我坏，自省之。

顺应好人，结善缘。

改变自己，得善果。

心怀万物者，万物必将愉悦你。

珍爱万物者，万物必将加持你。

施恩万物者，万物必将赋予你无形能量与力量。

布施万物者，万物必将滋养丰盈你的灵魂。

人乃万物万灵之首，更应用人的大德大量、大慈大悲以及理性智慧，胸怀万物，珍惜之、施恩之、布施之。

这是世间和谐、安康、幸福的根源。

根与本

能准确看到别人的错误，是清。
能真切看到自己的错误，是醒。
能真诚承认自己的错误，是坦。
能彻底改正自己的错误，是诚。
能正视自己的优点，是聪。
能外察别人的优点，是明。
能学习别人的优点，是智。
能利用别人的优点，是慧。
清醒坦诚，为做人之根，
聪明智慧，是做事之本。

珍惜好友

世界上最难忘也最暖心的话，不是在你风生水起时的热烈喝彩，而是在你失意落败时，有个声音对你说："坚信你能成功！"

世界上最有分量的话，不是给你多少甜言蜜语的期待，而是在无助时，有个人对你说："没事，有我在！"

人活一世，不问财富有多少，不管职位有高低，关键是在落寞或困难的时候，能感受到朋友给予的温暖与关心。

真正的朋友，都是用真心来呵护的，懂得付出的人，才能拥有这样的幸福。

如果身边拥有这样的朋友，一定要明白：友谊不是雨后的春笋，能在一夜之间冒出来。

它需要长期呵护和真诚相待，需要耐心守候，需要感恩回馈。

好友一生很难得，得到就要珍惜，切忌不要辜负。

预则安然

纷纷世事,不知何时晴来何时雨。
芸芸众生,不知谁为善者谁为恶。
不是每一次感情,都是天缘。
不是每一次选择,都是良机。
再好的饭,过热也会烫嘴。
再好的梦,醒来也是空空。
美好也是双刃剑,
用不好既能伤人也会伤己。
因此,预则安然,
却要时刻牢记,
有一种东西不可亵渎,那就是善良。
有一种东西不可玩弄,那就是信任。
有一种东西不可欺骗,那就是感情。
有一种东西不可愚弄,那就是真诚。

适者释然

快乐是找出来的，
烦恼是想出来的，
疾患是烦出来的，
福寿是修出来的。
活着就是呼吸：
呼，是为了出口气。
吸，是为了争口气。

一呼一吸是生命，呼吸正常是人生，除此以外皆奢望。

鸟在笼中，恨有翅难飞，但三餐有人侍候。

飞鸟自由飞翔，却要自觅食物，时刻面临危险。

人在世上，活法多样，命各有异，顺势为安。

攀比嫉妒，徒增烦恼；自寻乐趣，适者释然。

话多贬己

吉人辞寡，躁人辞多。

慎言则吉，话少有福，话多的人大都心浅气躁。

心直口快，不吐不快，

不是性格问题，而是修养问题。

标新立异，喜欢炫耀，

往往得不偿失，不经意间失言伤人。

无多言，无多事。多言多败，多事多患。

西方也有一句谚语："上帝给了我们两只耳朵和一张嘴，就是要我们多听少说。"

公元 384 年，前秦的苻朗投降东晋，来到江南。当时江南有个叫王肃之的人没到过北方，就缠着苻朗，没完没了地询问中原地区的风土人情。当王肃之问了大半天之后，又问起中原地区奴婢的价格。苻朗回答："谨厚有识中者，乃至十万；无意为奴婢问者，止数千耳。”大概的意思就是：话少的十万，话多的一千。

王肃之听罢羞愧难当。

话多贬己，需要牢记于心。

隐而不露的辩机

《史记》记载:“良贾深藏若虚,君子盛德,容貌若愚。”

这句话的意思是说:富有的商人,总是深藏不露装作很穷的样子;德高望重的人,常常掩饰才华,外表看起来很愚笨。

这说明过去的“君子”:大智若愚,大辩若讷,大勇若怯。

这和今天不断出现的炫富、夸贵、显能形成了鲜明的对比。

究竟谁最聪明呢?

事实上,真正聪明的人,从不把自己优于别人的地方炫耀显摆出来招惹嫉妒。

他们明白“出头椽儿先朽烂”的道理。

他们从不主动出头去招嫉惹祸，引火烧身。

而是隐而不露，掩锋装拙，这样既保护了自己又和谐了社会，两全其美，何乐而不为呢？

识 人

曾有人通过这种方式识人，闻其声，观其行，察其色——

就是听其语言表达，看其躯体形态和五官长相，细察其表情即知其人禀性德为。

俗语讲：不怕不识字，就怕不识人；识错货，半生难，识错人，一生苦。

识人是经验，也是一门学问。

判断一个人的禀性德为，不要看他的穿着打扮，不要看他做什么职业、有什么职位，不要听他讲有什么人脉关系，首先看他的实力成果，做人做事的诚信度和社会信誉度，再听他是否有耳目一新的观点、客观成事的逻辑。其他都可以包装，但公众认知度和他的认知，是没有办法伪装的。

谈靠谱

对一个人最高的评价，就是靠谱。

什么是靠谱？

凡事有交代、件件有着落、事事有回音。

靠谱的人德性修为高，诚信稳靠，非常值得托付。

在家庭上，勤快勤俭、踏实稳重，孝父母、爱儿女，给伴侣足够温暖与安全感；

在工作上，扎实奉献、履职尽责，敢于创新担当，做事守法循规，有理有据，鲜少出错；

在处世上，谦卑、诚实、善良，拥有真诚帮扶的朋友。

靠谱的人，就像一盏明灯，无论在哪里都会发光，与其交往，自己也能被照亮。

做人成事，一定要和靠谱的人在一起。

遇事求快，找聪明人；若求稳妥，找靠谱的人。

聪明只是一个人的天赋,而靠谱,才是根本。

人生路上,人心难测。

常与靠谱的人在一起,安心放心,向他学习还可以改变、提升自己。

人生遇到靠谱的人,是修来的幸运和福分,需要珍惜。

自己要做靠谱的人,赢得他人的尊重与认可。

德为本

在这个世界里，心地善良谁都喜欢，人品端正谁都称赞。

与人交往，都愿意接近交往坦坦荡荡的人，都会远离内心阴险、耍手段暗算别人的人。

德为好的人，为人真诚本分，谦逊稳靠，做事靠谱人缘好。德为好的人正如好酒，时间越长越香醇。

人可以精明，但不可以阴险。精明是为了防骗防诈而自保，如果精明过火而算计别人，就违背了做人做事的初衷与良知。

德为好，是一个人最好的“护身符”，也是人生最亮丽的名牌。人靠什么安身立命？人靠什么功成名就？人靠什么赢得尊重？最终还是靠“好德为”。这是做人成事之本。

活着的意义

人活在世，意义不同，金无足赤，人无完人。

世界上没有十全十美的人，就是圣人、伟人也有不足与缺憾。

但是人的学识修为、眼界胸襟、作为担当、境界格局却有着天壤之别。

有人为自己活着，有人为家人活着，有人为大家活着，有人为国家活着，有人为人类活着。

著名诗人臧克家曾写道："有的人活着，他已经死了；有的人死了，他还活着。"

有的人活着无为，谁也不知晓他；有的人死得伟大，永远活在人们心中。

活着的起点、层级、目的不同，三观与结局也不同。

人若被臆想、敌意、悲观、抑郁所纠缠，那么人的身心健康与社会健康就会被严重侵害。

宽容、包容、忍让是社会倡导的风尚，只有顺势而为才有所作为，反之枉然。

所以，活着的意义在于自愈自己，愉悦他人，也要清明社会与世界！

变与不变

从眼前走过的人很多，但能融入心灵的人却很少。

或许搅动心思的人很多，而在心灵深处留下印迹的人却很少。

时而浮现，时而消失；时而想起，时而忘记。

有些人和事，留下了情，留下了爱，留下了欢笑和温暖；而也有些留下了难忘的伤痛和叹悔。

时而愉悦，时而忧伤；时而彷徨，时而绝望。

总有许多尘封的记忆，总有许多难复的情绪。

时间和理性会过滤曾经的沉淀，会放大过往的友情温暖，会把过往的伤痛抛到九霄云外，化作春雨润泽心田。

时间与理性，会把深的变成浅的，近的变成远的，新的变成旧的，旧的久了也会被生活剥落曾有的模样。

生活是“磨刀石”,会把个性棱角磨平抛光。

生活是“碎石机”,会把任性自私碾成齑粉。

生活是“榨汁机”,会把一切如烟往事榨碎成汁。

生活是“雕刻机”,会把寂寞雕成丰碑。

在这个世界上,一切都在变化之中,没有什么不变的人和事,就连每日的天气,也时而阴云,时而晴朗。

守好心态,以不变应万变,才能活出未来人生精彩的“高质量”。

以不变应万变,静待花开花落,笑看人间风云。

让健康与平安同在,让幸福与快乐同行。

放过自己

世事多变，世间唯一的不变就是“变”。

有的人总想以良好的愿望改变一个人或一群人，控制事情发展的方向，按自己的意愿争取一个结果，昂扬激情的执念，最终还是事不遂愿，失望、困惑、痛苦不堪。

真正有智慧的人，明白一切都是最好的安排，顺势而为，尊重别人跟自己的不一样，包容别人的秉性多变，看谁都亲和顺眼，这才是一个人顶级的修为。

有一位妇人，见到一位高僧说：“我很痛苦，我的丈夫很懒惰，我的儿子不爱读书，几年了也不曾改变。”

高僧听了没有说话，而是指着院子里一棵歪枣树，说：“我也很苦恼，我想把这棵树变得和松树一样挺直，于是我用锤子敲，用大棒打，都没有作用，自己还很辛苦。”

妇人笑着说：“它本来就是一棵歪的树，您不管怎么做，它也不可能变得挺直啊。”

高僧笑着对妇女说：“这下你该明白了吧？”

每个人都如同一棵树，都有自己的天性，如果执意去改变别人，最终伤害的只会是自己。

圣人说：“人的烦恼皆来自想改变别人。”

大千世界，各有各的本性，各有各的算计，各有各的造化。硬性改变别人也会无形中给别人造成困扰，最终内心难以安定，滋生痛苦与烦恼。

放下改变别人的欲望与说教，尊重人性的不同。最好的行动与最服众的实事，是影响、引领人类趋于大同的天道正途。

真与直

有些人觉得：

做人要真，说话要直。

结果直来直去到处得罪人。

中国人写“真”字，

是“直”字下面加两点。

也就是说，

一些实话、直话，

也要保留两点。

假话一句都不讲，但真话也不全讲，此为人生的智慧。

释　怀

拥有海一样的胸怀，
才能有海一样的人生；
拥有海一样的宁静，
才能镇得住暗潮汹涌。
做人如海，
有跌宕起伏，有波澜不惊。
心宽故能受，海阔故能容。
如果你有水的清澈，
就不惧猜疑；
如果你有水的胸怀，
就不畏流言；
如果你有水的宁静，
就无视纷扰。
不争、不辩，

无畏、无惧。

让自己的胸怀，将一切释怀，

壁立千仞，无欲则刚。

面　子

年轻时别太要面子，
因为没有资历，也没有资本，
这时候的面子不值钱。
年纪大了，没啥面子了。
也就没那么在乎面子，
却感觉很有脸面儿。
谁都得从卑微开始，
这就注定要承受别人的冷眼和忽视。
别因为自己过于要面子而错过许多人生的机遇。
告诉自己：
现在暂时的低头是为了将来的抬头，
现在不在乎面子是为了将来仰面风光。

立秋怀想

落叶知秋，情谊如酒，风渐凉时，无喜更无忧。

岁月流走，蓦然回首，一声问候，情谊依旧。

疫情无情人有情，秋深渐凉情赤暖，平安快乐安康是真情的祝愿。

人这一辈子说话要诚信，做事要认真，相处要真心，为人要诚恳。

信你的不能骗，懂你的不能淡，疼你的不能远，帮你的不能断，这就是做人的根本与底线。

信你的人，不怕你说出实话，就怕你没有实话，被最信任的人欺骗，将永远不再像原来那样相信。

在乎你的人，不怕你冷待他，就怕你伤害他，被最在乎的人伤害，自然不会再毫无保留地用心。

人这辈子，最不能辜负的是三种人：

无条件信任你的人，

不求回报爱你的人，
真心真意帮你的人。
真诚胜过万水千山，
真心才能感天动地。

看透与想透

当人看透一切时，心胸就宽广了，
不再斤斤计较，就不再自寻烦恼，
看懂了人心难测，明白了敷衍伪装，
受得起大起大落，放得下名利包袱。
当人想透一切时，也就想透了人生，
才真明白活着是一件多么幸福的事，
这个世上再多的钱财富贵，
再高的名利身份，都变得微不足道，
所有的钩心斗角，都变得渺小可笑。
人活一世，做人做事，
看透是一种领悟，
想透是一种财富，
通透则是一种境界。
看透心不累，

想透身不累，
通透人不累。
看透想透人生最快乐，
通透亮透灵魂最愉悦。

花木幽趋

大千世界，千姿百态。

有些人像杂草一般看着不起眼，却根深蒂固；还有一些人像花瓶里的插花，看着光鲜，却一点根基都没有。

所以，千万不要和花去争芳容，因为花只开一季，争艳过后很快就会凋谢飘零。做人，要像松柏一样，四季常青，看似朴素寻常，却可以百岁丰茂。

常言道："欲成大树，不与草争。"说的就是这个道理。

无论何时都要保持一份低调谦逊的态度，只有这样，生命之树才能常青。

真正的强者从不显山露水，事事都保留着人生的底牌。

流水、落花、明月、清风这些似乎是文人墨客的雅趣，其实里面藏着许多不为人知的大智慧。

花木幽趣值得细细参悟，其中自有哲境妙道。

生　活

人生大不了就是一生一搏，

感情大不了就是一聚一散，

心情大不了就是一悲一喜，

生活大不了就是一起一落。

该翻篇的，就翻篇；该过去的，就过去。

累了就睡觉，醒了就微笑。人生，没什么大不了。

人生，不求活得完美，但求活得实在。

生活有苦有甜，才叫完整，

爱情有吵有闹，才叫情趣，

心情有悲有喜，才叫体会，

日子有阴有晴，才叫自然。

人生的苦乐，不在于碰到多少事情，而在于心里装着多少事情。

简单一些，积极一点，心静才能平静，心静才能有好心情。

简单的事，想深了，计较多了，就复杂了；复杂的事，看淡了，在意少了，就简单了。

太精明是一种累，太糊涂是一种罪，智慧的人生，是该醒则醒，该醉则醉。

懂则释然

在滚滚红尘中，能够保持清醒很难；
在物欲横流中，能够坚守干净也不易。
其实，
染尘皆因经历少，
心净只因折磨多。
红尘漫旅烟云过，
物欲横流终逝去。
五光十色抓不住，
懂得舍得方释然。
不属于自己的东西，不要争；
属于自己的东西，不用争。
在乎你的人，不会离开；
不在乎你的人，总会走远。
一切顺其自然，一切皆有定数。

与其在渴求中身心疲惫，
不如在知足中放松自我。
从前苛求，是因为懵懂，
后来不求，是因为看懂，
最终放手，是因为释然。
人生苦短，万事随缘，
顺势听天，心融自然。

同频愉悦

一个群和一个家庭一样,家有家风,群有群规,一个有正能量的群,能聚集很多志同道合、趣味相投的朋友。

三观一致的人,尽管爱好不相同,但目标和原则都是一样的,都是交友聊天、抒发情感、寻觅知音、汲取知识、提高素养、陶冶情操、愉悦心情、解除烦恼,求一个快乐人生。

在一个“群风”好的环境里,和一群有素养的群友共处一片蓝天,共享一块沃土,共聊一个话题,是一种享受和愉悦。

与三观一致、同频同振的知音交流和沟通,能使心灵得到净化,修养得到提高,境界得到提升,素质得到升华,这样才能一路前行,共同创造辉煌。

成　因

和优秀的人共事很简单：

告诉他要做什么事，

要什么效果，

他就会想办法搞定。

他好像不讲条件，

这是因为他已经有“条件”。

“曾经”是其最大的“条件”。

所以，

越是出色的人越善于总结经验、吸取教训，创造条件把事情做好。

越是平庸的人越是不思进取，强调客观，寻找借口，依赖各种“理由”而事事不成。

童年玩伴

我的童年时期在20世纪六七十年代，那时也是国家最困难的时期。

童年玩耍无忧无虑，少年结伴贪玩懵懂。

吃好吃孬不挑剔，穿好穿孬不讲究，生活好孬不攀比，学习孬好都一样。春冬饿得肚子叫，麦秋撑得睡不着。

玩过弹弓，推过圈环，抽过木尜，套过家雀，摔过纸片，打过鞋派。

黑水湾里和玩伴们比过“扎猛子”，看谁在水下憋得时间长。

河沟里摸过鱼，泥滩里抓过泥鳅，河边逮过青蛙，庄稼地里捉过蚂蚱，爬到树上撸过榆叶、折过槐花，吃过地瓜面掺杂榆叶的窝窝头，吃过地瓜面掺杂槐花烙的饼，有嚼劲又充饥，有滋有味喷喷香。

这就是我和童年玩伴的经历，后来我稀里糊涂到高中，华年流逝豁然明。

有人入伍当了兵，有人进厂做了工，有人复读恶补考上中专，有人当了民办教员熬成公办教师，有人“以农代干”熬转为招聘制干部，还有人幸运地进了城或上了“农工大”，但是90%以上留在了农村扎根一生。

这就是我们这一代成长发展的轨迹。

一张方桌

侄儿来电话说老家老宅马上就拆迁了，能否将老宅里的家什都处理掉。

我特嘱他把老宅里那张旧方桌给我送来。

因为这张旧方桌俺家祖辈五代都使用过，饱经风雨，已传承百年，是家里唯一残存的也是最完整的一件老物件。

这也是先辈留给我的唯一一件最有纪念价值又最珍贵的“遗产”。

方桌斑驳陆离，深裂的缝隙中夹杂着厚厚的黑灰污渍，三条腿脚也已腐烂。

桌面上那两道深裂污黑的缝隙犹如一双深邃的眼睛盯着我，三条腐裂的桌腿犹如太爷、爷爷和父亲手持着拐杖站在我面前，非常严肃地诉说着这张方桌风雨百年传承的故事……

太爷爷在济南东关开铺子多年。1928 年，因日本人侵入济南，国民党军被迫撤退，济南沦陷，太爷爷无奈关掉铺子带上方桌回到了老家。

可恨的日本侵略者，可恨的战乱，使太爷爷带着方桌被迫流离失所。

听爷爷讲，这张方桌陪太爷爷在老家持家置业并成了四里八乡有名的富户。

这张方桌也是爷爷送给父亲最贵的结婚礼物。

听爷爷讲，新中国成立后父亲将太爷爷累积的家产全部捐给了国家，并于 1955 年加入了中国共产党。

我记忆里的这张方桌，经见父亲不知接待了多少亲友和客人。

记忆最深刻的是在我七八岁时，也是国家最困难时期，我总盼着父亲接待客人，饥肠辘辘的我盯着方桌，渴望客人早点离去，我好拿桌上的残羹剩饭解馋充饥。

还记得有次，我用铅笔刀削了几下方桌沿，父亲发现后，脱下鞋子追赶着打我。

最难的岁月，父亲卖掉了老屋上的木梁，卖掉了太爷爷留给爷爷奶奶的银元，卖掉了家里能够变现的一切东西，生计那么难也撑着硬硬留下了这张方桌。

我继承保存这张方桌，是一段历史，一段记忆，也是最好的激励。

它让我和我的后代们不忘初心，砥砺前行，奋发图强！也让后代们留个存念，记住方桌传承的历史，续写方桌将见识新的更美好的家的故事！

心　锁

造物主在造人类时，知道人类的“心”不安分，难守天规，极易膨胀，所以在人来到这世界前，就给每个人都配装了一把“心锁”，以防人的欲望过度膨胀而祸乱人间。

那么“心锁”有没有钥匙？钥匙是不是攥在造物主的手里？非也。

其实，“心锁”的钥匙就藏在每个人的心底，并且是一把无形的钥匙。

这把钥匙是一个人内心抵达一定境界后，钥匙与“心锁”碰撞，“心锁”自会开启；也就是说将“无形钥匙”修炼成“有形钥匙”后将会打开“心锁”，敞开心门，放飞心梦。

然而，世界上很多人一辈子甚至几代人都未曾打开过“心锁”。

不想不思、不知不修也不探索其“因”其“道”，安于穷乡僻壤，甘于贫困的山寨或乐哉荒芜的精神世界里，一代一代，朝夕年轮。

有形与无形，是哲学，并非迷信；

有形物，看得见，摸得着，存在空间，占用空间；

无形物，看不见，摸不着，存在空间，不占用空间。

有形物童幼能得，无形物百岁难获。

“心锁”看不见，德为是“钥匙”，“心门心锁”何日开，修至境界“钥匙”来。

找准人生的“平衡点”

当你位高权重、春风得意的时候，你的亲朋好友知道你是谁。

当你失势落魄，穷困潦倒，你才知道你的朋友是谁。

其实，人无论在高处还是低处，都需要找到自己的“平衡点”。

自古至今，多少高官富贾、文哲雄才都感叹过身在高处的孤寂悲凉。

苏轼在《水调歌头·明月几时有》中写道：“我欲乘风归去，又恐琼楼玉宇，高处不胜寒。”

“高处不胜寒”逐渐被用来形容一个人技艺或修为达到了极高的境界，而境界越高，做伴的越少，越容易感到孤独寒冷。

市井小民空闲多，他们粗衣淡饭，自足自乐，却也悠闲自在。

人生在高处时别忘关注低处的清泉泥土，人在低处时别忘高处也是人生无悔、孜孜以求的奋斗方向。

高处观宇宙，低处纳百川，

有高有低才是社会，

有喜有悲才是人生，

有苦有乐才是生活。

人若真正找到人生的“平衡点”，就可能上能下，开心自在！

云南印象

蓝天在笑，
白云在舞，
青山在行注目礼；
丛林争高，
花儿竞艳，
普洱古茶飘香；
鸟儿啼鸣，
青蛙欢呼，
溪流潺潺萦曲声；
真乃：
青山无墨天作画，
清泉潺曲地作琴。
民族繁花朵朵开，
芬芳温馨在云南。

生活的质量

人生最根本的责任就是真正成为你自己,活出独特的个性和价值。

丰富自己,要丰富自己的大脑。这个时代,没有终身职业,只有终身学习。学历代表过去,学习力才代表未来。拼到最后才发现,只有坚持学习,才能在人生的赛道上越跑越远。

人这一生,其实就是一个不断见天地、见众生、见自我的过程。走出自己的方寸之地,丰富自己的见识,是我们必经的旅程。

当一个人见过高山的巍峨、沙漠的广阔、戈壁的苍凉,体会到天地的无垠,就会变得谦卑。

当一个人见识过不同国家民族的风土人情,就会发现这世上有无数种生活,人生也可以有无数种选择。

不再拘泥于眼前的鸡毛蒜皮，学会将眼光放向远处，懂得了活在自己的节奏里，不羡慕谁，不嫉妒谁。

当见识多了，眼界宽了，格局大了，所有的磨难都将不再是磨难，而是助力成长的阶梯，也会转变看世界、看问题的角度。

那些曾经把生活打得支离破碎的大浪，也将变成人生长河中一朵微不足道的浪花。

那些曾经几乎颠覆生活的难题，也将变得不值一提。

只要拥有一颗热爱生活的心，懂得在琐碎日常中提炼美好，摄入诗意，注入心思，那么我们的生活就会变得越来越有质量。

善 良

善良是人性的光辉，它能点亮人们的心灯，辉映世界，光明天地。

说善语并没多出力，它可以把倒地者扶起，让其重新鼓起前行的勇气；

说善语并没多出力，它可以揩去受委屈者的眼泪，让其得到宽慰；

说善语并没多出力，它可以给别人以鼓励，让奔跑者早一点到达目的地。

善行是一颗种子，春天开着华美的花，秋季里硕果累累；

善行是锦囊妙计，急需时是雪中送炭，平日里润物无声；

善行是神奇的梦，睡着时可让你笑醒，醒来时美梦成真。

善良的人对别人行善，自己也享受着爱的温暖，也生活在真实的幸福里。

言善之人看似没多付出，但已如久旱洒甘霖，悦动花木滋润着大地。

职涯感悟

钥　匙

所有的成功,都来自孜孜不倦的努力和奔跑。

所有的幸福,都来自平凡的奋斗和坚持。

成功的路上有四把钥匙:

第一把钥匙:选对方向,找对平台,交对朋友,跟对人、做对事,心存感恩、知恩图报。

第二把钥匙:职守就是使命,责任就是生命,效率就是本事,经历就是资本。

第三把钥匙:复杂的事情简单做,就是行家;简单的事情重复做,就是专家;重复的事情用心做,就是赢家。

第四把钥匙:美好属于自信者,机会属于开拓者,奇迹属于坚守者。

最终能拿到开启智慧与财富之门“金钥匙”的还是那些最勤奋的人。

炫光不亮

常常遇见故作高深或装腔作势的人，也常常见到自命不凡的人。

这一类人，对所谓曾经的辉煌念念不忘而四处张扬。

深恐别人不了解而看低怠慢自己，总是360度地给自己打光。

其实这种炫耀的光不会照亮别人，反而让人觉得刺眼。

真有学识和作为的人，并不显山露水，而是低调谦逊、朴实牢靠、从容坦然。

而爱显摆的人永远不明白虚伪自吹自擂是惹人厌、被人疏远、最终被社会淘汰的根源。

曾国藩曾讲："说人之短乃护己之短，夸己之长乃忌人之长。"一个人越缺少什么，才会越显摆什么。

山外有山，人外有人，保持敬畏之心，戒掉好为人师的习性，明白世界山高水阔，仅己所见不过其中一隅。

未来世界充满着很多不确定性，唯一能确定的，就是自己的未知与无知。

看似波澜不惊的日复一日，其实就是铺垫着未来的闪耀。

勤能补拙

越是优秀的人越勤勉,越勤勉也就更加优秀;

越是智慧的人越勤奋,越勤奋也就更加智慧;

越是富有的人越勤俭,越勤俭也就更加富有;

越是能干的人越勤劳,越是勤劳就更加能干。

勤是一种高度自律的坚持,是一种良好习惯的养成,也是成就生活之美的最好性格。

勤勉、勤奋、勤俭、勤劳是自觉自律的,也是改造自我、战胜自我的顽强斗志与聪明智慧。

郭沫若先生曾说过:“形成天才的决定因素,应该是勤奋。”

爱因斯坦也曾写道:“在天才和勤奋两者之间,我毫不迟疑地选择勤奋,她是几乎世界上一切成就的催产婆。”

因此,勤能补拙、天道酬勤是成就美好人生的真谛。

睿智无畏方见英雄本色

在大海里航行，要有乘千里风、破万里浪的胆识和能力，才是好舵手。

在战火纷飞的战场上，要有不畏惧生死、狭路相逢勇者胜的精神，才能赢取胜利。

在创业路上，要有不怕失败、不服输的坚忍、坚持，才能成就一番事业。

在人生征途上，只有且行且调整，渐行渐谋略，才有从容淡定的步履。

真大作为者不仅要有“浪里乾坤志，风中天地情”的凌云壮志，还要有纵横捭阖的定力与谋略，更要有顺势而为、时时耕耘的睿智与勤奋。

既然在路上，就不要轻易止步，更不要退缩，因为止步和退缩不仅浪费了已经付出的时间和心血，还放弃了人生的选择与初心。

唯有坚持，才有结果。

不忘初心，方得始终。

累

累不是负担和麻烦，
而是职责与责任。
累说明有事干，
累证明能干事，
累体现的是能力与担当。
累是一份充实，
累是一份快乐，
累是一份庆幸，
累是一份待遇，
累是一份荣耀。
累是人类优化升华的必然过程，
累也是人类改造自己、改造世界的重要途径。
古圣先贤在创造“仙”和“俗”两个字时就寓示：
爬坡登高上山乃为“仙”，

下坡走低入谷则为“俗”。
因此，
爬坡上山成“仙”就累，
下坡走低变“俗”不累。
累与不累，“仙”与“俗”，
两条不同的人生价值趋向：
与累相伴即是“仙”，
与懒伴行则入“俗”。

共　赢

学文化，悟文化，关键用文化。小胜靠干，中胜靠智，大胜靠德，全胜靠道。强者联手，弱者互戕。

俗话说："互相拆台，一起垮台。互相搭台，好戏连台。"

人生越往上走，越要学会相互捧场，而不是敌视对方。

从前有个地方，交通发达但没有加油站。

有人发现了商机，开了第一家加油站非常挣钱。

后来，很多人都来这里投资加油站，结果形成了恶性竞争，亏损了很多钱。

大家痛定思痛，开始思考共赢的策略。

第一个人开加油站，第二个人开便利店，第三个人开餐馆，第四个人开酒店。

最后，那里形成了商业区，大家在相互配合下都挣到了钱。

孔子说:“君子成人之美。”

真正的高手,都是利他主义者。

真正优秀的人,都懂得成就彼此。

强者与强者联手,才能成为更强者。

弱者与弱者互斗,只能自我消耗。

学会以助人为乐,喜欢和强者合作,不要与恶人纠缠。

规律与规矩

做人做事，
懂规律，守规矩，
因为规律规矩里藏着平安。
如同过马路——
红灯停，
绿灯行。
走路知行止，
吃饭知饱饥，
担子知轻重，
登攀知高低。
任何时候，
先知己再知彼，
懂得自然规律，
遵循生命轨迹，

明确人生目标，
明白层级处境，
摆正良好心态，
守住职涯位置。
定力源于自信，
谦虚源于学养；
不狂妄恣肆，
不仰人鼻息；
尊重他人，
尊重事实，
尊重规律，
遵守规矩。
当明白人，
做明白事。

量力应事

气不平时不说话，恐失言伤和；

心不顺时莫做事，怕浮躁败事。

事莫虚应，应则必办，不办便结怨；

愿莫轻许，许则必还，不还便成债。

万物皆有章法，大处着眼、小处着手，

世事皆是考卷，尽心竭力寻找正确答案。

能及格的人多，不及格的人少，能满分的人更少，交白卷的也不乏其人。

想开了自然自在，看破了自无纠结，

拿得起量力而为，放得下亦不懊恼遗憾。

谦受益

智慧需要谦逊和尊重点缀。
如果不能从内心尊重别人，
就永远失去了一位朋友或伙伴；
如果轻视别人的谦逊朴实，
就永远看不见别人心中的美丽；
如果心中装满了自己的看法与想法，
就永远听不到别人的心声。
一句话可以化友为敌，
而化敌为友却要千万句话。
当劝告别人时，
若不顾及别人的自尊心，
忠言亦易被视为耳旁风。
不要在智慧中夹杂着傲慢，
真正的大智慧是低调而不炫耀。

易在难中

宁可出去碰壁，也不该躲在家里面壁。

宁可在外委屈，也不该躺在床上做梦。

宁可跋涉泥泞，也不该袖手躲闲一隅。

否则，就失去了生命的意义。

是狼就要磨好牙，是羊就要练好腿。

活着就是奋斗。

奋斗就是每一天感觉难，唯有在难中才会发现一年比一年更容易。

不奋斗就是每天都很容易，最终慢慢会明白一年比一年更难。

奋斗的人，

不在情绪上计较，只在做事上认真。

无能的人，

不在做事上认真，只在情绪上计较。

累与不累

微笑不累，生气才累。

单纯不累，复杂才累。

相思不累，单恋才累。

相守不累，孤居才累。

专情不累，滥情才累。

真诚不累，虚假才累。

交友不累，树敌才累。

无私不累，自私才累。

得失不累，计较才累。

身累不累，心累才累。

分享不累，独享才累。

雕　琢

人有的时候，过不去的不是一个坎，而是心中的执迷。

天空的雨从不会因为任何心情，而感动洒落。

蹉跎的岁月从不会因为任何伤痛，而停留眷顾。

冰封的心从不会因为人的脆弱不舍，而留恋激活。

一些心情，适合藏在心底。

一些痛苦，适合无声忘记。

一些经历，不用别人懂得。

人生就是一个自我雕琢的过程，哪里痛就说明哪里务必修炼及雕琢，痛苦中的塑造，才能更完美的呈现自己。

谋事与成事

人生，哪能事事如意，

生活，哪能样样顺心。

不和小人较真，因为不值得。

不和自己较真，因为伤不起。

不和往事较真，因为没价值。

不和现实较真，因为要继续。

因为善良，所以宽容。

因为责任，所以承担。

因为某种理由，所以愿意妥协。

因为看懂，所以轻松。

回首，留不住岁月。

凝眸，牵不住时光。

笑看是是非非，释然争名夺利。做好自己，忍他、让他、惯着他，过几年再看他！

格局，在于豁达。

成熟，在于看透。

放弃，在于定向。

宽容，在于看开。

充实，在于过程。

成功，在于勤奋。

快乐，在于知足。

——人生就是张扬的笑脸！就是自信的坚守。

认识一个人靠缘分，了解一个人靠耐心，征服一个人靠智慧。

人，相互帮扶才感到温暖。

事，共同努力才知道简单。

路，有人同行才不觉漫长。

友，相互记挂才体味情深。

与人为善，不遗余力地成就他人，不知不觉就成就了自己。

一己是人，众人是天。谋事在人，成事在天。

定位致远

花有枯荣，人有起伏。

人生都是坎坎坷坷，曲曲折折，有高有低，跌宕起伏，喜怒哀乐。

痛苦常有，遗憾常见，世事无常，难免无奈。

有些故事不一定要讲给所有人听，有些悲伤不一定谁都会懂，有些伤口时间久了就会慢慢愈合，有些委屈想通想透了也会释然。

人生难得知己，知己知彼，心领神会。

看破别说破，知底别揭穿，想透别说透，相互包容，相互兜底。

你有你的山林，他有他的田园。彼此欣赏，彼此鼓励，耕耘收获好自己的一亩三分地后，再力所能及地帮助别人。

不要肥了他人的田，荒了自己的地。

不为外物所诱，不妄自菲薄，不见异思迁，做好做强做大自己，才能在人生舞台上获得他人的掌声，否则，没有登台的资格与机会，又何谈盛装表演！

别把运气当才华，别把平台当本事。

认清自己究竟能吃几碗干饭，不高估自己，不贬低自己，知道自己的真实水平，摆正自己的位置，找准自己的定位，才能行稳致远！

做有准备的人

“机会总是留给那些有准备的人。”

凡事只有你去做了，才有可能会成功。

不管你有多大的能力，如果不去做，那只能望别人成功而兴叹！

有些人遇到事情会彷徨犹豫，幻想着会有绝佳机会的到来。

殊不知，在你迟疑的时候，那些闻风而动的人已经捷足先登了。

我们通常会发现：那些在学校里的考试状元、分数尖子，那些少年得志的神童、仙女，家庭环境好有机会出国留学接触更多学习机会的学子，当时他们的起点是多么的高啊！

纵观整个人生，他们却被很多当时学习平平常常、貌不惊人、起点较低的同学们甩在了后面。

这种颠覆性的变化正解释了“笨鸟先飞”“龟兔赛跑”的道理。

顺其自然和随遇而安

人往往在绞尽脑汁仍无计可施时，走投无路又无可奈何时，才会意识到顺其自然的价值。

人往往在经历过惊涛骇浪又回到风平浪静时，酷暑严寒后又回到春暖花开时，才能体会到随遇而安的舒适。

然而，顺其自然和随遇而安难道就那么好吗？

无赛跑不知有千里马，

无竞技不知有大宗师。

人生百味，不品尝不知酸甜苦辣。

世事大千，不经历不知困苦艰难。

闯一趟江河湖海体验一下惊涛骇浪有什么不好？

望一下宇宙星辰挑战一下自身极限有什么可怕？

顺其自然，若是自然恩赐的自然，顺之才可心安理得。

随遇而安，倘是随遇得来的随遇，安之方能理直气壮。

否则，尝一尝人生百味，见一见世间百态，体味一下人情冷暖，领略一下社会炎凉没什么不好！

选　择

列宁曾说过："忘记过去就意味着背叛。"这告诉我们对过去的一切要紧紧牢记。

牢记什么？

若是恩将恩报，将是一种责任。

若是仇将仇报，将是一种拖累。

若是恩怨情仇不计较，别人会说你是傻子。

如果选择宽容，当心东郭先生的遭遇。

如果选择了仇恨，也就选择了是非。

如果选择了忘记，也就选择了放弃。

大海之中的水不在乎多一滴少一滴。

蓝天之上的云不在乎风一阵雨一阵。

应该在乎的是我这滴水应该放在哪里？

应该在乎的是我这块云应该飘向哪里？

可以选择拥有，也可以选择放弃。

人之所以拥有烦恼，在于选择了记忆。

人之所以选择放弃，在于不需要记忆。

阅人不如阅己

真能读懂自己、真能活明白不易，真能坦荡承认自己能力的极限在哪里，真能凭心估准自己优势在哪，不足在哪，并非易事！

人的眼睛都是向外看的，极少有人反观内省。

看过这样一个故事：

有位农夫种下小麦后就祈求上帝，希望风调雨顺，不要有天灾虫害，上帝满足了他，那年开春麦苗长势果然好于往年。

可到三夏收割时节，却发现所有麦穗全是瘪的！

农夫含着泪问上帝，上帝说你的麦穗避开了所有的考验，避开了冬雪风霜，自然也就错失了饱满的丰收。

一粒麦子的成熟离不开风霜雨雪的磨砺，实在的人生必须在艰难困苦中淬炼沉淀。

阅己知己大觉悟,知己知彼真觉悟。

找对定位,认准方向,脚踏实地,在“摔打”中练就强大的“内功”,“成熟”更好的自己,你想要的美好才会奔你而来!

船和桥

在漫漫人生路上，也有湖河沟壑，不是所有的人都能遇见船和桥，只有有幸遇见才可能抵达对岸。

然而世界上有多少人早已看到对岸的目标而望洋兴叹。

又有多少人祖祖辈辈怀揣着渡河的渴望却未能如愿。

不是他们的能力不如到达对岸的人，也不是已经抵达对岸的人有什么过人的才能，不过是他们没有那么幸运地遇见船和桥。

祝贺抵达对岸的人。

祝福那些还在勤奋地跋涉寻找渡河之法的人。

相信坚强的跋涉就是抵达理想“彼岸”的“船和桥”。

平台与礼让

认识一个平台，需要机遇。

了解一个平台，需要时间。

合作一个平台，需要真诚。

赞美一个平台，需要体验。

传承一个平台，需要内涵。

布道一个平台，需要信仰。

成就一个平台，需要团结。

铸就一个平台，需要共识。

在朋友面前让一让，友情会更稳固。

在家人面前让一让，家庭会更和睦和谐。

在同事面前让一让，工作会更轻松愉悦。

君子让小人，让的是礼。

好人让坏人，让的是品。

男人让女人，让的是情。

女人让男人，让的是爱。

让不是一种屈服，而是一种大度。让可能会一时委屈，但却能减少冲突。

会让才是赢家，让了才是智者。

勤奋励志

忠 诚

忠诚国家，没有国就没有家。国家兴亡，匹夫有责。

忠诚事业，事业是生命的寄托，是体现学能、作为、地位、奋斗、奉献的专业职守。

忠诚领导，领导是引领指导带领群体，实现共同奋斗目标的信托代表。

忠诚家庭，家庭是温馨幸福的归宿，也是放松安心的港湾。

忠诚朋友，守信守约、踏实靠谱地付出奉献是赢得更多朋友的根脉。

忠诚是生命之魂，立身之根，做人之本，成事之基。

人有能为之差，职业有别，地位高低，但忠诚的分量重如泰山。

如果丢掉了忠诚,就是对生命意义的亵渎。

世界上所有伪装忠诚的灵魂,终将被时间老人暴露在青天白日下,为世人所不齿。

成 长

我们往往会遇到这样一个问题:同样的一件事或一个话题,为什么会因人的年龄不同而处理的方式和见解大相径庭。

试想:谁没有年轻气盛的时候?那时发个脾气,牛都拉不回来。而到了壮年老年,生多大个气,转眼就觉得没必要较真而放下了。

时间老人太厉害。它渐渐磨去了年少的轻狂,人也因此沉淀成了老成持重的模样。

年轻的时候,连捡了一分钱交给警察叔叔也要炫耀得惊天动地。

而随着年龄的增长,越成熟越觉得人应该含蓄、保守和不事张扬。

年少时,觉得自己什么都懂,无所不通,知之为知之,不知,也硬装作知。

而到了老年，越发明白“难得糊涂”。

无论哪个年龄段的人，都应该明白这个人生成长的规律。知道自己所处的位置，对自己的行为有个客观的评价，根据不同年龄的人灵活对待，因势利导，恰到好处地发挥年轻人的显力和年长者的潜力。

能够接受成长，能够遇见成长，这对人来说，是最重要的“成长”。

生命的意义

黎巴嫩作家纪伯伦曾说："生命的意义，在于人与人的相互照亮。"

大千世界，人海茫茫中总有无数有缘人走到你的身边来，有爱你的，帮你的，陪你的，也有坑你，骗你，害你的，形形色色，千姿百态。这就是人生，这就是社会，这就是五彩斑斓的世界。

然而，人生在世，没有谁能逃避这纷繁复杂的苦乐，没有谁能永远活在世外桃源，也没有谁能真正活成一座孤岛。

谁也离不开别人的帮助与支持，所谓"天时不如地利，地利不如人和"说的就是这个道理。

但是，不同的选择、不同的观念信仰、不同的修为作为，命运归宿则大相径庭。

智者识人抬爱人，愚者嫉妒贬低人。

智者识人抬爱人，是给自己铺路，帮了别人，成就了自己，也赢得了人心，最终周围满是星光。

愚者心胸狭隘，只会一味地贬低坑害人，这反而是为自己人生路上挖坑或设置障碍，只收获了表面短暂的痛快，最终失去了整个人生，毁了自己，陷入“孤家寡人”的悲凉窘境。

倘若将无情的世界活出深情一隅，那是大修为、大境界、大智慧。

人生大富大贵、高官厚禄的人毕竟是少数，安康幸福快乐却是无数人的夙愿标准，平淡中发掘希望，包容万物，这便是生命的意义。

自由有“度”

万事万物皆有度，“度”是中华民族的智慧。

有人认为：

退休了就自由了，大学毕业了就自由了……这些只是心灵的一次自我安慰。

这种所谓的自由只不过是人生履历过程的一段结束，也是转入人生又一全新过程的开始。

或许，退休或大学毕业后，可以睡到自然醒，可以山南地北自由行，可以自由自在放飞自我，但这只是人生暂时的自我松绑、释压，时间久了人会渐渐乏味乏力，空虚寂寞，会不由自主地萌生一种新的寻找与选择。

自由是相对的，而不是绝对的。

自由是有度的，而不是无限的。

万事万物皆有度，任何自由也有度。

过度则泛滥，过度则恐慌，过度则颓废，过度则衰亡。

德国著名哲学家康德曾讲:“自由不是让你想做什么就做什么，自由是教你不想做什么，就可以不做什么。”

完美不是神话

“金无足赤”是实，“人无完人”却不一定成立。

随俗不入俗是大智慧！

随俗是习俗，

入俗是俗套，

俗套桎梏思想，

俗套羁绊脚步，

俗套是手脚的枷锁、自由的镣铐。

群聚群体，交织肆虐。

出人头地必须撞击突破。

身心疲惫的不是远方的高山江湖，而是身边的纠缠撕扯。

真正撕裂束缚，只有遍体鳞伤，只能头破血流！

摆脱纠葛，不是侥幸逃脱，而是智慧与执着！

奋斗努力是常态，追求完美是心态！

完人不是完美，完人不是全才，完人不是一无是处，也不是面面完美。

完人的完美是指专注专业领域独树一帜的发明创造和完美体现！

在世俗中追求完人完美都有伤害；

完人令人妒羡，完美遭人嫉妒！

人活着，

不在世俗中沉迷，就在红尘中沉醉，或在私欲膨胀中沉沦。

而在这个世界上总有一些人看破红尘、仰望星空而清醒觉起奋斗不息！

庆幸在这个世界上总有一些人始终清醒，塑造自我、追求无我，奋力攀爬登高去领略人类最高境界的精核真谛而引领奉献人类！

其实在这个世界上：

身如大地，胸如大海，

心如太阳，眼如星辰，

融入自然，遨游宇宙不是梦想，也不是神话！

会说话也是文化

听清华大学一位教授讲了一个故事：

美国一白人妇女和孩子搭乘出租车，司机是位黑人。孩子突然问妈妈："司机的皮肤为什么是黑色的？"妈妈说："上帝为了让世界丰富多彩，所以创造了不同肤色的人。"

当这位妈妈和孩子下车付款时，黑人司机执意不收，妈妈好奇地问："为什么？"

黑人司机解释道："我小时候也曾问过我妈妈同样的这个问题，可是我妈妈对我说，咱们黑人是下等人！如果当年妈妈能给我说您今天的回答，可能我不会是今天这个样子。"

同样的话，不同的表达方式，可能会产生不同的人生结局。

会说话，说好话，是修养，是内涵，也是文化。

心直口快不是实在，仅仅是一时的痛快！

说话是文化，语言表达是艺术，好话养人，暖话暖心。

好话是良药，

忠言是苦药，

坏话是毒药，

气话是“炸药”。

丰　盈

内心丰盈，人生芬芳。

人生任何美好的享受都有赖于一颗澄明的心，唯有内心的丰盈，方能从容抵抗世间所有的不安与躁动。

内心丰盈，心思澄明，若一泓清泉，映得出月朗风清，照得见天高云淡。内心浑浊，则无缘遇见最美的风景最美的人。

一花独放不是春，百花争艳才绚烂。当修炼内心至丰盈时，那曾经读过的书，走过的路，经历的事，让我们举手投足都带着芬芳气息。闻香识人，与我们灵魂契合、志同道合的人，会自然而然聚拢在我们周围，让我们的生命含香，岁月芬芳，一路繁花似锦，花开不败。

岁月漫漫，瘦削了皮囊，却无法消减我们内心的丰盈,“若有诗书藏于心,岁月从不败美人”,在生命中老去的是容颜,不老的是内心。只要内心丰盈,就能抵挡住时光侵袭,抵挡住岁月沧桑。偷偷溜走的时光,带走了青春容颜,却留给我们丰盈的人生、丰盈的内心。前行路上,别惧怕坎坷磨难,别惧怕聚散离合。路途上的酸甜苦辣、荣辱得失,皆是上天最好的恩赐,皆是生命最好的体验。

一分耕耘一分收获,生命在磨砺中坚强,内心在坎坷中丰盈。有了丰盈的内心,纵使在重重迷雾中行进,也不会迷失方向,也能选准方向,自在航行,向着鲜花绽放的彼岸行驶,生命之花,就能一路绚烂芬芳。

内心丰盈的人,是博学的人,博闻强识,铸就了他有趣的灵魂、深邃的思想。这样的人不枯燥、不乏味,无论走到哪里,都像是一朵自由行走的花朵,馨香迷人。生命即使走到了暮年,日益丰盈的内心,也会让他在优雅中慢慢老去。

青春易逝,繁花易谢,莫等闲,白了少年头,空悲切。年华未老,何不抓住时光的恩赐,留住岁月的馈赠,丰盈内心,让生命开成一树繁花,绚烂人生,更绚烂世界!

宁　静

宁静，
是宇宙飞船驶入太空后的一种静谧，
是乘坐飞机穿越云海后的一种惬意，
是人生历经风霜沧桑后的一种顿悟，
是劫后余生后的一种豁达，
因此，宁静是经历丰富者的一份精神享受。
宁静，
不是浮在表面的风光，
不是外强中干的伪装，
不是掩饰之下的平静，
不是时光虚度的安静，
它如同一潭湖水，
万象掠过而不为所动，
不争、不惊、不惧、不缩，

不卑不亢、淡然从容、自由超脱。

所以，

肤浅的人不会得到，

浮躁的人不会拥有，

拜金的人散尽千金也未必能买到。

宁静，

是遍体鳞伤的内在坚强，

是婉转动人的凄美情歌，

是屡击不倒的信仰坚守，

是人生无悔的豁达豪迈，

更是磨难馈赠坚强者的一种淡然和安详。

好书是“解药”

宋真宗赵恒在《励学篇》中写道：

“书中自有黄金屋，书中自有千钟粟，书中自有颜如玉。”

这三句话，不可浅显理解为读书的具体目的，而是告诉我们读书能充盈我们的精神世界，是激励人们崇尚信仰、追求精神层面的德为价值与修为意义。

所以，

读好书是励志图强的“兴奋剂”，

读坏书是引人入歧途的“毒药”，

好书是“良药”，也是“解药”！

几天前，在浏览微信时看到一个从事自媒体的女性，因为生宝宝在家做全职妈妈五年多，与外界严重脱节，倍感生活单调乏味，精神状态极其不佳。先生给她推荐了几本书让她舒缓压力，结果她看了书后悄然改变，这些书犹如一剂“解药”，解开了她自我封闭的“重症”，点燃了她向往美好来的“生命心灯”，从此开始读书并编发读书感悟分享，生活多了许多色彩。

现在她不但走出了心里的阴影，解开了自我桎梏的枷锁，彻底摆脱了困境，还靠写作实现了财务自由，完全“脱胎换骨”。

她在感悟分享中感叹道：当你感到不开心，生活无望甚至绝望时，就去读书吧，书籍是救赎灵魂的良药。

宋代黄庭坚曾说：“士大夫三日不读书，则义理不交于胸中，对镜觉颜色可憎，言语无味。”

只有不断地读书，拥有丰富的阅历，才能呈现出非凡的气质与魅力。

读书能化解百分之八十以上的迷茫。

一个人陷于困境，可能因为认知不足，而读书是拓展认知和视野的最佳途径。

因为你经历过的，书中都经历过；你没有经历的，书中也已经历过。

也许不能立即从书中找到答案，但读书能化解你的情绪，丰富你的内在，赋予你一种无形的力量，帮你走出泥潭。

读书，是治愈迷茫最好的“药”，也是化解人间“疑难杂症”的“药”！

担　当

担当，顾名思义，能担才能当。

不要羡慕能当者的光鲜，要赞许他能承担的德为。

为官者祈求官运亨通，即使所求能够如愿，如果没有担的德为，也只是尸位素餐。

能担才能当，并非能当就能担。

能担是修为，当而无为是虚名。

能担不是出风头，不是抢功邀赏：

它是一种坚守职责的良知，

是逆境时的坚忍坚持，

是顺境时的谦逊低调；

是勇于担责的胆识义举，

是成就自己、成全他人的智慧；

更是大其心，纵观大势看趋势，顺势而为，势在必行并能行而又行之有效的能力与魄力；

是虚其心，荣辱不惊，能伸能屈、能大能小的格局与心胸；

是平其心，心安理得、公心公论天下之事的资历资格；

是定其心，应世事时势之变，好事孬事、大事难事、险势危急关头的沉着冷静和勇于奉献的公益作为。

这才是真正的担当。

修炼一颗感恩心

人空手来到人间，所拥有的一切都是世间的赐予。

感恩是天道，
人应该感恩。
感恩苦累让人逐渐觉醒，
感恩委屈让人逐步成熟，
感恩失去让人懂得珍惜，
感恩生活让人享受喜怒哀乐，
感恩人生让人品味酸甜苦辣，
感恩的心温馨芬芳，
懂得感恩的人前程似锦！

善的能量

怀揣善心人温和，释放善意有温暖，善意善举有温度，予人和善手留香。

温和相貌美，温暖花芬芳，人需气度方大度，和善大度人敬之。

懂得善良的价值意义，
明白善良的哲境妙道，
知道善化百灾的能量，
传承慈善基因的星火。

善心善念善举的热度，提升人的气度和风度。笃定洒脱，彰显生命的优雅，让人生充满韧性和魅力。

感恩是天道

太阳对地球的吸引力是太阳母亲对地球孩子的大爱，

地球对人类的吸引力是大地母亲对人类孩子的博爱，

天空朵朵白云飘舞，那是白云对哺育她的蓝天的感恩宣言，

落花无声，那是她落地化作春泥的守根融养，

落叶在盘旋中谱写着一曲曲动人的乐章，那是她对滋养抚育大树的大地母亲的感恩舞姿。

史载承袭，“感恩”正是天道：

大爱必有大恩！古圣先贤在造“恩”字时就预示后人，万生万物皆有因，将“因”字放在心上即是“恩”。

日月两盏灯，春秋一场梦。感恩泛泛，无须赘述。

佛教讲“因果”，当您在享受硕果开心愉悦的荣光

时，最难能可贵的是还没有彻底忘记、辜负、亵渎、泯灭硕果的伟大“母因”，因为“母因”是根、是本、是源、是天道！

怀恩无人见，感恩有天知。

知心朋友

一杯热茶暖的是身,

一句懂得暖的是心。

一个畅所欲言的陪伴,可以让精神舒缓;

一份不离不弃的情缘,可以让心灵靠岸。

很多时候,我们都在寻找一个可以倾诉的人。

有些话憋在心里会崩溃,需要说出口;

有些事扛在肩上是压力,需要分担。

交一个知心的朋友,在你寂寞的时候,可以陪你聊天,

在你烦恼的时候,可以帮你舒解。

财富不是人一生中的朋友,但朋友才是人一生中的财富!

朋友不在多少,而在于精,所谓“人生难得一知己”“君子之交淡如水”就是这个道理。

活　着

善待活着的自己,是人生一种修为与担当。为自己活着,也为担当活着。自己快乐幸福,亲朋好友也快乐幸福。

人生之路,说长也长,说短也短。

好好活着不仅为自己,也是为亲朋好友祈愿。快乐幸福地活着能弹奏出生命无价的旋律。

有人说:“快乐来源于一帆风顺。”一帆风顺的人生,不是谁都有的,可遇而不可求。不经历苦难,太平顺的人生就像一杯索然无味的白开水,有苦有甜,人生才能有滋有味。

在品尝生活甜味的时候,不得意忘形。

在品尝生活苦味的时候,少些愁眉苦脸的牢骚。

面对苦辣酸甜,都要多点“平常心”。

人活着是一件幸福的事,有梦想与理想。乐观云卷云舒、日出日落，在平常的生活中找寻不平常的美丽和感动……活着是一种快乐的付出，是一种积极的生活态度，是一种修为与担当。俗语说：知足常乐。世上没有十全十美的东西，不要过分地注意缺憾，不要把烦恼挂在嘴上，不要把苦难写在脸上，也不要把忧愁闷在心里，更不要把嫉妒嵌在眼中……

善待自己活着的每一天，快乐并非不可及，重要的是打开心窗，照进阳光，摄入情趣，提炼善良，以美好的心态欣赏生活中点点滴滴的亮丽光彩。这样，平凡的日子才会富有情趣，沉重的日子才有坚持的力量。也只有这样，我们才会真正品味到人生的快乐。所以，我们要善待自己活着的每一天！

信任与托付

受人之托，忠人之事，这是做人做事最需要遵循的准则，也是做人做事征服人心、闪耀人性光辉的无字口碑。

做人做事不触碰法律红线，不突破道德底线，能不负信托兑现承诺，是德性修为成功典范的最好诠释。

受人之托，是最崇高的荣耀，是最知心的信任，是最放心的托付，是不容置疑的担当！

倘若在他人的信任之下，应付推脱，不知信任托付的分量与责任，将受托之事束之高阁，致使受托之事错过了成事的最佳时机，就是对崇高信任的亵渎。

信任成了白纸，承诺成了欺骗，这就丧失了做人做事的良知与原则。

这样的人，最终必将众叛亲离，被社会抛弃！

时光匆匆，那些经不住时间世事考验的伪善伪信伪君子的伪装外衣终将被时间撕碎，那颗缺失良知的灵魂终将为千夫所指。

他人的信任与托付是对我们能力的认可，是对我们品行的信赖，抛弃这些责任，正是抛弃了自己所需要坚持的本心。

读　书

读书的意义在于获得智慧,所以有字书要和无字书一起读。

有的人大字不识,却一生读尽无字书,同样堪称饱学之士。

将遇到的人与事当作书来读的人,是真正的读书人,读得正是“无字书”。

人如字,事如书,让读书回归生活,让有字与无字合一,便是读书的意义。

读书是为了打破局限,获得更加豁达与平和的心态,它是成为智者成本最低、最便捷的一种途径。

好书凝聚着许多人一生的智慧,而获取它仅需较短的阅读时间,这是极有价值的选项。

读书的重要内涵:

读书是通往梦想的一个途径,读一本好书,让我们得以明净如水，开阔视野，丰富阅历，益于人生。

人一生就是一条路，在这条路上的跋涉痕迹成为我们每个人一生的轨迹，此路不可能走第二次。

而在人生的道路上，我们所见的风景是有限的。

书籍就是望远镜，书籍就是明灯，让我们看得更远，更清晰。

拼　搏

人生，没有下一次，请珍惜这一辈子。

感情不等人，错过就一生。

健康不等人，病来如山倒。

时间不等人，失去如流水。

生命不等人，年年摧枯朽。

一辈子很短，眨眼就是一天，转身就是一年，回头就是一辈子，天天在逼近死亡，年年在迈进坟墓。

留不住的岁月，抓不住的风雨，风雨摧年华，岁月拔青丝，风烛残年忆往昔，悔恨岁月空蹉跎。

趁健康、趁能干，拼搏奋斗，趁未老、趁健壮，勤奋努力！

珍惜时间，别浪费；

珍惜缘分，别错过；

珍惜感情，别愧对；

珍惜健康,别挥霍;

珍惜生命,别糟践!

人生不愧无愧地对亲朋好友,不愧自己来到世间这一趟。岁月,若不开拓它,它就会长满枯藤杂草,爬满你生命的庭院将你盘绕掩埋!

做人四不忘

人生在世，面对的是群体。不忘根、不忘本、不忘恩、不忘乎所以是人生的底线。

不忘根、不忘本，千人千张脸，百人百条心。你付出真情，未必收获真意。

因为有些人是“两面人”，喜欢伪装，他戴着厚厚的面具，难以看清他的真面目。

不忘恩、不忘乎所以，别抱怨世态炎凉，别唠叨世间没有真情，有些人满腔热情，让你感受到了幸福温暖，有些人虚情假意，也让你更加理性清醒。

该与谁同行心明如镜，该与谁分道当断则断。

不责人小过，不念人旧恶，不言人隐私。

低调做人，一次比一次稳健。

高调做事，一次比一次优秀。

宽容别人，一次比一次快乐。

做人不忘根、不忘本、不忘恩、不忘乎所以就是你人生最大的成功！

自律与成熟

年轻的时候，压力不大，喜欢扎堆，觉得越热闹越好，所以参加了许多社交团体，几乎天天都是夜半而归。

当人自律成熟后，深知肩上的责任越来越繁重。不但要面对事业家庭，还要面对生活压力的突变，逐渐淡出了曾经杂乱诱惑的舞台。

而今，知道知识的重要、事业的使命、家庭的责任，主动努力工作学习，不断充电学习知识技能，但与年轻时的想法截然不同。年轻时抱着纯玩的心态，而如今却是在择选人脉和知己。个人感觉，必要的良性的活动也是生存和个人社会价值的体现。

虽然如此，人自律成熟后真的不宜太过沉迷于浮夸的表面。因为年龄、责任和有限的时光，不允许你再扎堆于无意义、无价值的互相攀比的活动之中。世人都懂，年龄需要沉淀，多给自己留点修身养性的时间，读读书，写写字，悟悟道。不能让世俗的事务和烦恼影响了心情和心性。凡遇到的事和人一定要认清、想开和想通。

人之相与，俯仰一世。和有缘者交游，和友善者往来，和诚信者合作，和厚德者悟道。远离张扬、自大和不讲诚信者，不在背后议论别人，不与“小人”为伍，给自己一个清净的生活空间，为自己营造一个清明的世界！

年轻时，觉得时间过得很慢；可成熟之后，就会觉得珍贵的时间总是会从指缝之间流逝。一天天，一年年，不经意间，白了毛发，多了皱纹。直到这时，才逐渐意识到，心情才是最重要的。如果觉得不开心，无论是圈子、团体，还是个人，能退则退，能断则断。没必要让别人的问题，影响自己的生活和心情！

选择有缘者交往，这是自律，懂得取舍，这是成熟。成熟后选择自己喜欢的人和圈子，用心去面对和维系，学会活在当下，活在心情愉悦之中，这种活法通透！

格　局

格局，体现一个人的胸襟、眼界、思维、修为、德为。

人这一生，真正能决定命运的，不是能力，不是才华，而是人品和格局。

人只有开阔眼界，拓宽胸襟，增长见识，打开格局，提升认知，才能有所作为。

人生不但要有生命的长度，更要有格局的高度、德为的厚度。

格局高，眼界就宽，看得也长远。站的高度不一样，眼睛看到的风景就不一样，攀至山腰时看到的是残枝断壁，登上峰顶时看到的则是苍天云海的壮观美景。

与有智慧的人交流是心灵上的启迪，

与有格局的人交流是境界上的突破，

与德高望重的人交流能洗刷凡尘的污垢，
与功成名就的人交流那是精神上的享受。
提升格局，心明眼亮；
打开格局，心怀梦想；
放大格局，心旷神怡。
格局决定布局，布局决定结局！
所以，格局决定人生成败！

心　门

生命最大的意义，在于更新重启；相信每一次重启升级自我，都是一次忏悟新生的契机。

主动撕裂生命的茧房，相信蜕茧阵痛后就是“脱胎换骨”般的蜕变！

不要依赖别人来安排你的人生，自己想要的必须通过勤奋努力去实现！

再美好的憧憬，若是疏远了大自然，那都是枉然；再奢侈珍贵的东西，不见阳光，也没有社会公益价值。

人如果自己封住了自己的心，就如关闭了坚固城堡的那扇厚重的门，心门外面没有锁，但心门里面有道闩；别人在外面无论怎么着急上火叫喊或拳砸脚踹都难以打开，唯有自己动手轻轻拨一下闩，心门才能敞开。

勤奋改变命运

夜再长也有黎明，
雨再大也会停歇，
风再刮也有清静，
路再长也有尽头，
山再高也在脚下。

不要因为一时的阴霾，就失去了对光明的向往。

不要因为一时的萧条，就遗忘了收获的温馨。

每一条通往阳光的大道，
都不可能没有坎坷。
每一条通向理想的途径，
都不可能没有曲折。

不要害怕坎坷，畏惧曲折，要坚信：勤奋改变命运！付出定有回报！

面　对

人的悲喜并不相通，但每个人在面对别人不幸或窘境时最好多一点善良和关爱，少一点冷漠和刻薄。

你看不到或未经历的世界并不代表不存在，因为你没生在那样的国度和环境；你没经见遭遇磨难并不说明人人安好，只是庆幸你没遇见或还未遭遇；不要以为正在遭遇中的人和你一样都享受着温暖幸福和自由快乐的生活。

人生本就是一场无法预知的冒险之旅，风险无常是人间常态；

如何面对？

莫言曾说："在最黑暗的那段人生，是我自己把自己拉出深渊，没有那个人，我就做那个人。"每个人都有自己的一段至暗时刻，你勇敢站起来直视深渊，就不会被深渊吞没。

英国作家乔叟说："有罪是符合人性的，但长期坚持不改就是魔鬼。"

人和钻石之间，就差一顿打磨，如果把自己当作一件艺术品，不忍千刀雕琢之苦，不经砺石万次打磨，很难脱胎换骨成完美的自我。

所以，当顺风顺水风光时，面对所有人都拿自己当回事的时候，最好自己不要太拿自己当回事。

当落魄困窘时，面对所有人不拿你当回事的时候，一定要给自己信心！

当面对他人不幸遭难时，一定要善言善对，多一份关爱祝福！

默默的关爱祝福是一种无形的布施，

这种祝福会迸发出一股无形的力量，

相信他人迟早会嗅到那份关爱的芬芳！

所有人所经历的人生磨难，都将是人生醒悟和升华，坚持逆境跋涉的人一定能够步出深渊，那些流下泪水和汗水的人一定能绽放绚丽的花朵！

何谓优秀?

你尊敬的人尊重你,说明你正在变得优秀,领导或前辈赏识你,说明你能力优秀,还有发展提升的空间,切不可把此赏识尊重误认为自己已经足够优秀。

这同时也告诉我们,特别优秀的人特别懂得赏识尊重别人。

没见过世面的人,才会用自己仅有的见识,去曲解理解他人的尊重赏识。

人与人之间的误会源于误解,也限于理解和解读能力。

真正优秀的人,总是多维度考虑问题,懂得换位思考、求同存异、扬长避短、包容大度。

民间曾传:有一寺的老住持,年事已高,想从两个爱徒中选择一位新住持,两个徒弟都十分优秀,老住持很是为难。有一天,老住持终于想出了一个方法,他把两个徒弟叫到跟前，吩咐他们去树林里找一片最完美的树叶回来。徒弟都去了不长时间，大徒弟回来了，递给老主持一片并不漂亮的树叶说："师傅，这片树叶虽然并不完美，但它是我看到的最完整的树叶。"二徒弟在外转了半天，最后空手而归，他对师父说："我见到了很多树叶，但怎么也挑不出一片最完美的。"最后，老住持把自己的衣钵交给了大徒弟。这个故事告诉我们：世界上没有完美的物和人，只有包容不完美的物与人的博大胸怀。

德国作家康德说："我尊重任何一个独立的灵魂，虽然有些我并不认可，但我可以尽可能地去理解。"

做人做事要有大局意识、容人之心，将心比心，海纳百川，尊重有缘相处交往的人和事，自己才能够成为真正最优秀的人！

仙与俗

人生就是一趟有风险的单程旅行，谁也没有回程票。

风险旅行如攀山，人间仙境在峰顶，凄凉恐怖在山谷。

古圣先贤在造“仙”与“俗”两字时就明示：人上山为“仙”，入谷为“俗”。

人这一生，短的是人生，长的是磨难。

世界上所有人都是哭着来到这个世界的，谁也无法逃避这个世界赋予的苦累，苦是生活，累是活着，这些都是人生。人若是无法接受日常的苦累，那同样无法被社会接受。

所以人是不能过于追求舒适的。

人活着就是在登山，一步一阶，一阶一高，一高一景，一景一悟，再累也得攀，再难也得爬，再苦也得登，再险也得上，因为人生的终点就在峰顶，活着的价值就在路上，追求的理想在山顶，半途而废是对理想的背叛！

如果登山感到累，说明天天上坡，在登高，在接近峰顶。如果感到轻松，说明在走下坡路，不知何时步入谷底。

所以，生命不息，奋斗不止。

车票的启示

爱因斯坦坐火车，遇到列车长来查票，他找来找去，就是找不到车票。

列车长客气地对他说："教授，不用找了，我知道您是谁。"说完，列车长就继续往下查票。

列车长查完这节车厢，准备离开到下一节车厢去，可是转头看到爱因斯坦还在找票，甚至跪到地上去找。

"教授！教授！您真的不用找了，我知道您是大名鼎鼎的科学家爱因斯坦，我相信您一定买过票了。"列车长热心地说。

爱因斯坦抬起头，很不好意思，尴尬地对列车长说："我也知道我是谁，但是我必须找到这张车票，因为我忘了要到哪一站下车了，只有看看车票才知道！"

史上最聪明的人却忘了哪个车站下车，谁人又知道他全身贯注地在想什么？

也许有人笑他忘东忘西，也许有人学他忘东忘西。

而任何人的猜想与假设都很难准确解读一个科学家的伟大思想和伟大情怀。

乞丐传奇

传说有一个乞丐将每天乞讨来的米放到家中缸里，日积月累，乞丐认为缸里的米应该不少了，可当他揭开缸盖后却发现缸里只有四两米。

他很纳闷，为探究竟，他将白天乞讨的米放入缸里后，躲在一边盯着。夜里，一只大老鼠带着几只小老鼠来偷缸里的米。乞丐气急败坏地说："大老鼠啊，俺邻居富得流油，粮米堆如山，你不偷运他的米，为何来偷运我这点来之不易的米啊？"

大老鼠很淡定地说："我也不想吃你乞讨来的这点米，因为你命里只能担当四两米啊，多了恐你小命难保啊。"

乞丐不信也不解，于是决定西去找佛祖问个明白。

路上乞丐借宿一大户人家，当主人知道乞丐要去找佛祖时，就给他安排好食宿，并悄悄求他说：“俺家闺女天生丽质，年龄这么大了就是不能讲话。求你问问佛祖俺闺女还能不能说出话来。”乞丐爽快答应并继续西去。途中又要借宿一寺庙，当寺庙住持知道乞丐西去的缘由后便恳求乞丐说：“我在此寺庙已修行五百年了，求你问问佛祖我何时化身成仙。”乞丐答应了继续向西，走着走着，一条大河挡住了去路。正当乞丐犯愁时，一只大乌龟游过来说：“我知道你西去找佛祖，我在这条河里已上千年了，你若能帮我问问佛祖我何时化身成仙，我就驮你过河！”乞丐答应后大乌龟驮他过了河。

乞丐过河后走着走着又饿又累，突然晕倒，这时朦朦胧胧见着了佛祖。佛祖对乞丐说：“你只能问三件事。”

乞丐首先给佛祖说了大乌龟的事，佛祖说：“告诉大乌龟只要它能舍去龟盖下那九颗珍珠即可化身成仙。”

乞丐又说了寺庙住持的事，佛祖说：“告诉那个住持只要他扔掉他手中那根戳地成泉的龙头拐杖也可化身成仙。”

乞丐顿了会又说了大户人家闺女的事，佛祖说："那姑娘只要见到她知心爱人时就会说话的。"

乞丐刚想再问自己的事时，佛祖飘然西去。

乞丐只好悻悻回到河边将佛祖的话先告诉了大乌龟，大乌龟说："那么我将这九颗珍珠给你吧！"他又见到寺庙住持，住持知道了佛祖的话后将龙头拐杖送给了乞丐。当乞丐快走近大户人家宅院时，大户人家的那个闺女看见乞丐后急忙跑到院里叫喊着："父亲，父亲，那个乞丐回来了！"大户人家最后决定将闺女嫁给乞丐并让乞丐做了上门女婿。

故事启示：

帮助别人就是帮助自己，成就他人就是成就自己！

良　心

良心是什么？

良心是我们行走在世间的通行证，只有天知、地知、我知。

良心是做人的基本，也是我们做人的底线，更是我们人品的保证。

一个人什么都可以没有，但一定要有良心。

良心在心中，是非黑白分明。

一个有良心的人，做事有人帮衬。

一个有良心的人，人人都会喜欢。

人如果没有了良心，就会永远失去他人的信任。

人活着，别把钱财看得太重，要把良心放在第一位。

帮过你的人不能忘，

疼过你的人不能放，

暖过你的人不能远，

爱过你的人更要去珍惜。

凭良心去做人，用良心去做事，正是为人处事之正道。

醒 悟

成熟不是学会表达自己,而是学会咽下。

当你一点一点学会克制自己时,才能驾驭好的人生!

庸俗之人,始终苛求别人的了解、理解,有智慧的人却是努力内省了解自己。

当你功成名就时,顶礼膜拜之人摩肩接踵;当你一事无成时,世人避之若浼也不足为奇。

一个人离开你,也许并非突然做出的决定,树叶是渐渐变黄,人心都是慢慢变冷,故事从来都是缓缓写到结局。

探寻追索人心的深度,却会看到人的浅薄庸俗。

人若在谎言里生活久了,就会从骨子里变得虚伪。

所以和谁在一起舒服,就和谁在一起,虚伪的人,即使他是你的亲人和朋友，累了就躲远一点。

最怕深交后的陌生，认真后的痛苦，信任后的利用，温柔后的冷漠，亲近后的疏远。

去取悦别人，不如修行自己！

记得一位大师说过：宁可孤独，也不违心，宁可抱憾，也不将就。

能入我心者，我以诚待之；不入我心者，不屑以敷衍。

指缝太宽，时光太瘦，一辈子真的很短，懂便珍惜，不懂自便。

伟大与平凡

若把世界看作一个平凡的世界，你就会有参与这个世界的荣誉感。

若把世界看作一个神圣的世界，你就会有敬畏这个世界的虔诚心。

世界是平凡的，又是神圣的！

来到这个世界上的每个生灵也都是平凡的，又都是神圣的！

在这个平凡而又神圣的世界里，平凡之人能坚守岗位，日复一日付出自己的辛劳与汗水，正是他们做出的最神圣的事情。

每个人都应该居于平凡而不甘于平凡，成为精英而又不以之而自傲。

这样，才是世界的美好和美好的世界！

每个人都可以在自己的世界里探寻世界的真相，

追寻世界的神圣奥秘，每个人呢，也都可以在平凡的日常中，创造属于自己的恬淡神奇。

这就是平凡之人的非凡，这就是平常之人的伟大。

世界是伟人的，也是凡人的，但是归根结底是凡人的！因为有真理说："伟大出于平凡。"

也可以这样说：平凡是伟大之母！

优点与缺点

有人问钢铁大王卡内基："如何与有缺点的人相处?"卡内基回答："很简单,只需盯住他们的优点,并努力忘却他们的缺点。"此人不解："难道对有些人的缺点要视而不见吗?"卡内基耐心地回答说："与人相处,就像是挖金子。如果你想要挖出一盎司的金子,就要挖出成吨的沙子。可是你在挖掘的时候,关注的焦点是什么？你只是想得到一盎司的金子,并不想要那成吨的沙子,但你不能嫌弃这些沙子,因为金子就藏在其中。"

在世间,人人都是独特的个体,人人都有自己的优点和缺点。

放大一个人的优点优势,缺点自然会淡出人们的视线。

点燃一个人的优点烈火,就会照亮他黑暗中的缺点，最终缺点会被熊熊烈火燃尽。

倘若只死盯一个人的缺点，就会被他缺点的黑幕遮住双眼，永远看不到他的优点所绽放的人生精彩。

国家无数重大工程及尖端技术项目突破成功，也是无数人的专业优长与共同智慧发挥到极致的结果，那么这些人的缺点也在成就辉煌的惊喜中消失得无影无踪了。

修赤子身

从“其德乃真”开始修，从“赤子身”开始修。

老子以“含德之厚，比于赤子”，来形容上德，这是得道的状态，即道德经中“善建者不拔，善抱者不脱”的道理。

德可长养，道可明悟，随着修行，人的能量层级也经由德真、德余、德长、德丰乃至德普，可达天人合一的境界。

德是承载万物的基础，忠、孝、仁、义、礼、智、信等一切美好，只能建立在厚德之上，否则就像无本之木，风雨一至，瞬间倾覆。

初生婴儿是德最厚的时候，所以修身要修赤子身。其他的仁、义、礼都是世人的修身，即使修到极致，也是仁义身，不是赤子身。

不修赤子身，德无法达到真纯之境，境界上就永远达不到智者的高度，生命里也无法突破生活中的瓶颈。

珍惜今天

路遥说过:“每个人都有一个觉醒期,但觉醒的早晚决定个人的命运。”

人生是一条漫长的旅程,但关键的就那么几年。请不要在最能吃苦担当的时候选择安逸和逃避,不要在最好的位置上亵渎职守,更不可虚度光阴,生活不会为任何人铺好前进的道路,没有谁的青春年华能在红地毯上悠闲信步。

谁也争不过岁月,谁也跑不过时间。

但我们拥有今天,好好珍惜今天,好好利用今天,做好今天才拥有美好的明天,只有不辜负今天才拥有更加美好的未来!

知识与智慧

同在蓝天下,同一个学校或同一个班级,同一个老师,学习同样的教材,宽泛众多的读书人,确实阅读浏览了不少的书,可以说学富五车,满腹经纶,也确实阅读学习到了很多知识,但都不一定是智慧。

知识不是智慧。智慧很奇怪,它不全是靠读书读出来的,它是生命的聪明,它是自然的本能,它是事物的知觉。

它是一种见识,一种体悟,一种觉醒,一种通达,一种经历磨砺顿悟的哲境妙道。

智慧,是经历风雨后的彩虹,是跌入深谷后的曙光,是遭遇瓶颈后的思考,是创业艰辛后的积累,是闯关夺隘中的胆识,是统领千军中的卓越,是纵横捭阖中的定力,是决胜千里中的谋略,是百战归来后的新生。

人生不同阶段的经历磨砺和社会实践中的“无字书”真能体悟读懂才是智慧。智慧的人读不同的书，才能真正将知识变成智慧。

知识改变命运，智慧改变人生。

与时俱进

大千世界，人心各异。各有各的理想追求，各有各的秉性，各有各的圈子，各有各的心理目标。

人与人的交往，更多人看的是礼尚往来、工作交集中的表现表象，很少有人聆听自然界令人心动感动的鸟鸣杂音。

内心交流互动的声音一样能令人心动感动，活跃的思维、天马行空的想象、娓娓道来的心声，通过网络微信的形式进行心与心的碰撞、思想与思想的交流、感情与情感的融合，感受互动时心间的泉水汩汩不息地流淌，让思维的网线连接你我他，让彼此碰撞出思维的火花，去点燃彼此的心灯，相互照亮前行路上的黑暗，何乐而不为？

人的交往，真能窥破其内心深处的德性善恶的，就是思想交流与相互心得的分享。

一个内外兼修、思想敏锐的人，才能领悟到与时俱进的人生真谛。

良心在哪儿?

良心在哪儿?良心在心里,这是共识。

其实良心在更多的体现里,良心在亲情里温馨,良心在友情里温暖,良心在事业里绽放。良心感动着贵人,良心系着恩人,良心化解仇怨,良心自愈愧疚,良心弥补缺憾……良心在忍让吃亏里,良心在默默奉献里。

良心是人生路上那些闪光的脚印,

良心是创业路上的鲜花和掌声,

良心是定格德为的无数目光和点赞。

然而,深度发现传统美好共鸣的良心归宿里,某些人的良心却昼伏夜游。

洞见某些良心已人为变异为游移游戏诡异多端而又俗不可耐的市侩“魔影”。

这虽不是倡导的主流，但已严重影响着主流。

良心在哪儿？良心在心里！

然而，然而！

良心的美好共鸣与希冀却被某些人摧毁践踏。

良心的殿堂被恶意破坏，

良心被贪婪狰狞充斥，

良心被乌烟瘴气污染，

人为制造着伤心，

泯灭着师恩长情，

糟践着先贤祖训，

肆意滋生着狂野私欲。

更可恨的，是那些变异变节的民族败类，泯灭初心，出卖良心，成为国家惩治、民族痛斥的叛徒。

不是悲观良心，不是悲哀人性。

若人没有了良心就会亵渎良知。

若人丧失了良知就会泯灭人性。

人没有了良心良知，类同禽兽。

禽兽永远是禽兽。

人若失去了良心，就不再拥有做人的资格。

独处与思考

眨眼就是一天，回头就是一年，转身就是一辈子。

时光荏苒，岁月匆匆，大千世界如过眼云烟，繁杂琐碎信息堆积如山，生命过度透支，人们在日复一日中疲惫不堪。

生活五彩缤纷，人情世故交织纠缠，有太多迫不得已。

我们渴望决绝。

渴望掌握时间的主动权：

婉拒没有必要没有价值的应酬，

不轻信没有根据不合实际的诱惑，

不随便进入他人的“圈子”，

不去跟任何人讨论、争论所谓的“大是大非”，

不掺和、不评判他人的是非曲直，

不刻意巴结不喜欢、不接受、不认可你的人，

不轻易倾诉自己的伤心事、展现自己的脆弱。

人生苦短，万事随缘，有缘用心维系，无缘随他去。

做人、交人有原则、有底线，不然，不但伤害了在意你的人，还会在不在意你的人身上空折腾、空耗时间。

学会独处，学习思考与反观内省的精神愉悦，别让无所谓的情感和琐事绑架了身心自由，耗去了宝贵时间。

存善芬芳

人生如果活得足够自信，就不必靠显摆和炫耀来赢得他人的尊重和认可。

人生如果经历足够丰富，就不会仅仅以自己为参照物，片面地去评判和看待这个世界。

人都有缺点，所以彼此包容一点；

人都有优点，所以彼此欣赏一点；

人都有差距，所以彼此接纳一点；

人都有难处，所以彼此接济一点；

人都有伤心，所以彼此安慰一点；

人都有快乐，所以彼此分享一点。

然而，许多时候许多事总会有人刻意复杂，总要经过千回百转的想法去苦其心志，总要经历兜兜转转的徒劳而劳其筋骨，总要在明白直观的好事美事里找出“幺蛾子”。

其实，社会并不复杂，是人心复杂，是人为复杂。

世间不知有多少好事美事被某些不安分的人心故意破坏。

万事劝人休瞒昧，举头三尺有神明。

所以，做些好事，心定神安魂梦稳。行些善举，天知地鉴鬼神钦。

德高生香，存善芬芳。

路生异果

人生走过的每条路，无论是弯路、错路、冤路、险路或是歧路，都是必经之路，有的看似被迫无奈，其实人生行迹中都有定数。

但是人生路上绝对没有捷径。走好自己的路，很多时候在能力也在于选择，甚或也有无奈和侥幸。

立足长远是一种智慧，

立足现状是一种妥协，

立足突破是一种魄力，

立足跨越是一种胆识，

立足飞跃则是一种侥幸。

立足点就是起点，起点决定人生成败也决定人生终点。

但凡成就大事的人：

有个性而不任性，

有放松而不放纵，

有踩空而不失足，

有突破而不过界。

到位而不越位，大智若愚，收放有度。善于在世事纷繁里沉淀，在利己利他上不欺心，不亏心并且把控从容坦荡，权衡有尊严，谋事有魅力，干事有风采，做人洒脱超然。

而有些自恃清高，眼高手低，心浮气躁，只会耍嘴子、吹牛皮的人，看似情商智商双高，多会败在“半路上”。其实人生路上或是创业路上都很寂寞：熬得住，出彩，出众；熬不住，出乱，出局。

人生的高度

一是靠实力，没有实力再拼命也毫无意义。

二是靠选择，选择大于努力，做对事只能对一时，选对路才能幸福一生。

三是靠坚持，滴水穿石、磨杵成针，持之以恒地坚守坚持，小事情也能够成就大事业。

四是靠境界，人生的最高境界是舍得。

在生活中不要刁难自己，把刁难转变为雕刻就是赢家。

有实力才能有地位，
能舍能得才有作为，
选择对路才是前程，
坚守坚持才有收获，
大格局才有大境界。

大格局与大境界才是人生的高度。

宽　容

宽容，是最好的修为。

宽容正是勤奋努力、内外兼修积累沉淀的体现。

宽容不是懦弱和胆怯，也不是躲避与退缩，

而是对自爱与互爱的责任与使命，

是理性理智与知识智慧修为学为的高度展现。

它天生俱来，又随生命而变化。

它是生命的基因和长久于生命缝隙中的领略和感悟。

冲动暴行是对天性的亵渎，

放弃自我亦是人性修为的堕落。

海成汪洋，因其低而纳百川；

天接浩渺，虽其高而不拒日月。

宽容与刻薄则质别天壤：

心窄短视，路路不通；

陡心人险，人心叵测；
宽容之德，暖人肺腑；
宽容之情，温情芬芳。
心宽路畅，仁者无敌！

心　态

人生路上，有高峰，亦有低谷，无论何时，心态很重要。

很多时候，人们大都祈望高歌猛进，尽早抵达目标。

但在现实中大都事与愿违，越心急火燎的急于求成，心态就越容易失衡，导致方寸大乱，不是离目标越来越近，而是越来越远，甚至背道而驰。

情绪失控，性情不定。

思绪如麻，越理越烦。

只有有效控制情绪，理清思路，稳定心态，才可稳打稳扎，步步为营。

林清玄曾说："以清净心看世界，以欢喜心过生活。"

心态不好的人，即使身处光明，而心则陷入泥潭；

心态好的人，即使坠落深渊，心却迎着曙光。

真正厉害的人，都会保持超然的生活态度与心态，去解决生活中的各种难题。

一个人，好事能担得起，坏事也能撑得住，这才是成就大事的人生顶级智慧。

接纳自己

学着接纳自己,不跟自己着急。技不如人时,要承认他人的优秀和自己的不足。

因为某事生气了,就允许自己生气,生气本就是人的七情之一。

别人对自己冷漠时,不要耿耿于怀,尽量站在他人角度考虑他的难处。

就算丢东西了,也试着让自己快快安下心来。

无常原本就是最大的正常!

接纳自己,是所有慈悲中,对自己最宽厚最温暖的慈悲。

守 住

当能控制自己的情绪时，就是优雅的。当能控制自己的心态时，就是成功的。优雅不是训练出来的，而是一种阅历与磨砺。淡然不是伪装出来的，而是一种修为与沉淀。

守住心底的最美风景，成为一种风度，宁静致远。

守住记忆里的最美风景，成为一种境界，悠然而豁达。

守住生命中的最美风景，成为一种睿智，淡定而从容。

岁月流逝，褪色的是容颜，而灵魂，却可以变得越来越年轻！

觉悟和领悟

所谓“觉悟”，指一切外力、内力对人自身产生的感应。

觉悟的灵敏度决定个人分析问题、解决问题的综合能力。

任何事物在失去后带给人们的经验和教训都属于“悟”的范畴，可以从中汲取经验和教训的，叫作“领悟”。

领悟是珍贵的，得到它远比失去的一切更值得珍重！

一个没有经历或者说一个不能从经历中有所领悟的人是没有觉悟的人！

没有觉悟的人是不可能大有作为的！

因此，所有的经历都应该是资本而不应该是负担，

所有的曾经都应该是财富而不应该是梦魇，

所有的未经历都应该是期盼而不应该是讨厌。

当遇到了“如意”，道一声再会！当遇到“不如意”，说一声不再见！

当行走在坎坎坷坷的路上，心里头记住这是资本和资源！

当春风得意忘乎所以时，要把“这次很好，下次更好”记在心里！

人生的传递，是觉悟的递延。个人生命有终始，而对整个人类的贡献没有终点！

静　法

静坐是息心法。

心息则神安,神安则气足,气足则血旺。

血气流畅,可以去疾祛病。

现在病可去,未来病可防,此其小者也。

又,心息则神明,神明则机灵,静者心多妙。

知机明理,格外敏捷,见理既正,料事益远,遇乱不惊,见境不惑,这都是内心宁静的价值所在。

能一切通达,自无主观偏执之弊也。

识　心

不是你的菜，别去揭锅盖。
不是你的爱，不要去依赖。
人生，
看你的人多，懂你的人少。
说你的人多，帮你的人少。
理解你的人，更是少之又少。
相遇的人，很多。
相依的人，很少。
生活，
有泪，自己流。
有苦，自己受。
没人理解，自己努力。
没人帮助，自己尽力。
强者不是没有眼泪，

而是含着眼泪在奔跑！

经验告诉我们：

世界上最看不透的就是人心！

麻　雀

麻雀俗称“家雀”，在老家老宅里最常见，在城市极少见它的踪影。

还是称麻雀“家雀”顺耳亲切。家雀大都宿住在乡村老宅老屋的屋椽瓦下或柴垛草堆中，它们繁衍能力和生存能力都很强。麻雀的命运却颇多曲折，它不仅是蛇鼠等类的“猎物”，也常常需要面临人类的捕杀与驱逐。

每逢农村“三秋三夏”丰收庄稼前，农民都在庄稼地里扎制许多“草人”驱赶成群结队的家雀飞临掠食。随着时间的推移，聪明的家雀逐渐识破了人们的“花招”，开始若无其事地站在“草人”头上欢呼雀跃，似乎在向憨厚老实的庄稼人发起不屑一顾的“调戏”与“挑战”。

面对成群结伙的家雀扑地而来也真没有什么“新招”驱赶阻拦，只好妥协，让它们天天饱餐享受庄稼人的劳动成果。

家雀每早叫醒人们下地干活,傍晚时分成群的家雀在院内院外、房前屋后、树上树下叽叽喳喳、雀跃飞舞,似乎向人们表示着谢意。

常言道:喜鹊报喜,家雀送信。在城市里偶尔看见的家雀叫飞,正是捎来了乡音与家信——家雀带着老家老屋的邀约,穿越高楼,飞越闹市来送信。

让离开几十年的老家老宅的主人和他们的后代们,携儿带孙回老家老屋再看看,看看那破败不堪、杂草丛生、尘埃覆盖的老宅老屋!看看老家空巢零星尚健在的左邻右舍的高龄长辈!他们的后人也大都去了繁华的都市闯荡落户!

再看看代代家雀们不离不弃、相依相伴凄凉落寞的老宅老屋,再也看不见老主人四季忙碌、欢声笑语的景象!

送信家雀在闹市区的尖叫,是让那些离开老家多年又淡忘老家的游子们回老家看看!回老家时千万别忘了去那些早已逝去的老人坟前烧上几刀纸,磕上几个香头。

因为老家老宅老屋的老主人,是你的祖辈,是你生命的根。

觉悟自己

我们为什么要强调“爱惜自己”和“知道自己”呢？

这是因为真正要做到“爱惜自己”和“知道自己”是不容易的，可是要成就事业，完美人生这又是必需的。

顺境时，左右逢源，“一日看尽长安花”，往往把自己的能力估计过高，似乎一切所求的东西都唾手可得，很容易把天时机遇、地利条件、贵人相助都看作是自己的本事而洋洋自得，甚至目空一切，夺天功为己有，傲气冲天，不可一世！

逆境时，心乱神迷，情颓意溃，“叶落知秋老，风多误雨声”，往往把自己估计过低，认为天无日月，地无路径，无人能帮忙，甚至绝望透顶，如项羽自刎于乌江一般自暴自弃！

爱惜自己，知道自己，首先要理智觉悟自己。

理智觉悟自己，既要知道自己的优势，也要知道自己的不足。

可以憧憬美好的未来，但要切合实际，不把幻想当理想，不把儿戏当游戏。

理智觉悟自己，既要肯定自己的内在潜力，又要明白外在的不定因素。

不为迷云遮望眼，不做掩耳盗铃人。

理智者觉悟自己，要牢记墨子的“志不强者智不达，言不信者行不果”。

既要坚定信念，充满斗志，又要切合实际，言而有信。

理智者觉悟自己，要学会善待自己。任何时候都不要自暴自弃，要埋头，不要埋怨；要争气，不要赌气。

理智者觉悟自己，要学会心疼自己。任何时候都要记住“气大伤身”，自己不躁不发火，也不要让他人之火烧灼自己。

理智者觉悟自己，就要悉心照顾好自己。有病早治，无病早防。不争强好胜，不过力劳伤。登高山远望，敞天地胸怀。

觉悟自己，聚如百川归一，散如小溪流淌。知生命伟大兮，快快乐乐活个地老天荒！

放下曾经

曾经熟悉的“岗位”已换新主，曾经头上的光环已黯然失色，曾经的辉煌已经成为传说，曾经自律的克制束缚也已碎落。

业已恢复了真实灵魂的洒脱，业已再现遮藏多年的原始模样，业已掂量出了曾经的能量究竟是半斤还是八两……

平步青云的侥幸，风风火火、风风光光；

顺势而为的侥幸，风生水起、春风得意。

一切的一切，本想来日方长，不小心就成了后会无期。

不必为失去的曾经惆怅，不必为未来的趋向遐想，

一切的一切，是命运律动的切换，是职涯履新的正常。

珍惜现在的拥有独享，庆幸现在的平安健康。

何必再留恋曾经的韶华昂然，何必再沉醉于曾经自信的张扬，何必再喋喋不休那曾经的自负逞强，何必执着于过去俯瞰天下的视界。

摘下那戴了多年未被人撕破的面具吧，脱下那多年聊以自慰的伪装吧，放下那盛气凌人硬撑多年的肩膀吧。

让杂念丛生的脑瓜清明清亮吧！让外强中干的负重身体释重放松吧！让曾经是是非非揪着的心释然放飞吧！

飞向蓝天，落脚大地，回归美妙的大自然。

不离不弃

有人挂念，再淡的水，也是甜的。

有人思念，再长的夜，也是短的。

有人关怀，再冷的天，也是暖的。

自由是做自己喜欢的事，幸福则是喜欢自己做的事。

繁华三千，看淡即是云烟；烦恼无数，想开就是晴天。

在这个世界里最幸福的就是：

你等的那个人也在等你，你关心的那个人也在关心你，你想的那个人也在想你，你爱的那个人也在爱你，你懂的那个人更懂你。

人活这一辈子，友情与爱情必不可少，无论友情还是爱情只需一个懂得，一个珍惜，一个不离不弃。

做　人

做人，心诚则美，品正则贵。心诚者，易获真情，品正者，天佑助之。

做人，无论外表怎样，身份如何，心诚是修养，品正是美德。

只要心诚，不虚伪，只要品正，不作恶，就能积攒福泽，受人敬仰。

做人，心诚交善友。心诚是什么？心诚就是与人交往，没有恶意，和人相处，带着真心。不会为了钱财逢场作戏，不会因为利益精心算计。一个心诚的人，重情义，轻利益，无论遇到什么事，都会把感情放第一，不管在谁的面前，都会真心与人相处。

做人，品正遇贵人。品正是什么？品正就是本本分分做人，坦坦荡荡做事，没有坑蒙拐骗的黑心，没有伤天害理的恶行。

一个品正的人，有原则、有底线，无论做什么事情，都不会违背自己的良心，都不会有损自己的品行。

为什么有些人交不到真朋友，为什么有些人碰不到好运气，有时候问题不在于别人，而在自己身上。

没有诚心待人，就得不到别人的真心。

没有行善做事，就得不到上天的眷顾。

人是有眼睛的，天是有感应的。

谁心诚，谁品正，人人看得清。

谁最真，谁作恶，上天记心中。

心诚者，必交到善友，

品正者，定遇到贵人。

人活一世，所有的好运和福气，皆是源于自己。话说得再美，都不如有一颗真心，一份好品。因为心诚，打动人心；品正，得人信任；心诚，人人待见；品正，人人信赖。

所以，要想结善友，心要诚；要想遇贵人，品要正。

心诚者，知己无数；

品正者，贵人常助。

亲人们，人生匆匆，时光易逝，这辈子最珍贵的是真心对你好的人，这一生最宝贵的是懂得珍惜你的人。

心　态

人生在世，穷不怪父，孝不比兄，苦不责妻，气不凶子。

少怕轻浮老怕狂，穷怕志短富怕赃。

古人云：“相由心生，命由心造。”这是真理，更是规律。

人的命运，真如一首歌中唱的：“三分天注定，七分靠打拼。”

人生成败不能听信“命运”，关键是“运命”的修为与作为，坚信爱拼才会变，坚信爱拼才会赢。

命运好，修为好，作为大。

命运差，修为差，作为小。

命运好坏尽在修为作为中。别指望天地他人改变命运，也别怨天尤人指责他人。

生　活

生活,生活,就是要好好生,好好活。

好好生,是让活精彩、有尊严、幸福、美满。

好好活,是让生正确、健康、坚强、光荣。

人生的价值体现,多是以活得如何来评论。人活得是否如意,都以生命的表现形式来说明。

不管是顺境还是逆境,对生都有意义,对活都是考验。这就是生活!

因此,身处逆境时要告诉自己:这不就是一场考验吗!没有考题的试卷是没有意义的。让考题更难一些吧!

身处顺境时要告诉自己:这么有意义的故事还能讲多长?任何好戏都有谢幕的时候,从即刻起就要做好冷场的准备。

人生易,活不易,活出精彩更不易,人生都不易。

人哭着来到这个花花世界并非花一般生活。顺境逆境谁都得经历。

虽都同享时间，但经历不同，人生故事亦不同。舞台不同，背景不同，学历学识与环境不同，人生的结局有天壤之别。

人生大戏都是自编自导自演，还是直播，不能重演回放。只能回忆重温过去的故事是否跌宕起伏、波澜壮阔，精彩与否取决于自身勤奋修为和奋斗过程。

相信世界上真没有“后悔药”。人把住底线，不动红线，保持心明脑清，理智理性，勤奋学习，努力工作，自律自俭自信自强，走稳人生每一步，走好人生每一步，这至关重要。

活　着

人活一世，草木一秋，匆匆几十载，缘聚缘散是常态。人生没有如果，只有后果和结果。

遇到委屈，逐渐就养成了不去解释的习惯，懂的人自然懂，不懂的人解释再多也无意义。有些故事只能说给懂的人听，赏过风景，经过流年，一路走，一路沉淀，逝去的时光不再有。不惊扰别人的宁静，就是慈悲，不伤害别人的自尊，就是善良。

人活着，发自己的光就好，不要吹灭别人的灯。人生起落是常事，生活的好坏应接不暇。在遭遇委屈和不幸时，绝望和颓废于事无补，不如微微一笑，和生活握手言和。

别和别人较真，因为不值得；别和自己较真，因为伤不起。自己才是人生的作者，何必将剧本写得苦不堪言。如果压力太大，觉得自己撑不下去的时候，就找把梳子,耐心地把毛糙的头发和生活梳理柔顺,或者窝在床上,听几首喜欢的歌,让音乐洗去一天的疲惫,抑或练练字,画画画,品品茶,闻闻香,亦不失为一种心境。

生活中,我们的心态很重要,一定要保持乐观,才有希望。当面对压力,调整好心态,劳逸结合恢复元气之后,我们还要回归现实,人生就是在不断追求中完善自我、成就自我的,适时停下来歇歇脚,还要站起来继续前行。

平和瓶

一个人的水平高低，基本上取决于后天而非先天。人的先天如瓶子，它可以决定能装多少水，而无法决定它容纳了什么。

瓶子里装了多少水和装的是什么水则取决于后天。

瓶是先天（家庭出身、家族影响力、先天的身体健康状况等），

水是后天（情商、智商、人品、个人综合能力、在社会上的综合实力等）。

瓶子很大，里面的水很少，或空瓶一个，谁都可以看出来是低水平或水平低。

瓶子很小，里面装的水较多，或满满当当，谁都可以看出来是高水平或水平高。

从这一点上说，先天占优势的人如果后天不努力

或不更加努力，想得到人们和社会的肯定也很难。

先天占劣势的人通过拼搏也会取得成绩，但要明白个人的格局和承受能力可能也存在不足。

出身于富贵之家的孩子很容易被人家贬为“空瓶子”，“富不过三(代)，官不过五(代)”，往往一语成谶。

出身于平民之家的孩子超越父辈、祖辈不是太难，“平步青云”“光宗耀祖”往往容易实现。

从这一点上说，老天待人不是很公平吗？“水平”的“平”，原来真和瓶子的“瓶”有关系！难道这不也是一种发现吗？

心清自明

人生在世，冷暖爱恨如四季，喜怒哀乐是常态。

有人爱你，有人恨你。

有人喜欢你，有人厌烦你。

有人反对你，有人拥护你。

有人说你好，也有人说你不好。

爱你的人，你有错也喜欢你。

不喜欢你的人，你再优秀也讨厌你。

为此，有人不解，有人迷惑，有人一生都稀里糊涂。

其实，不在一个频道的人永远没有共鸣。

灵魂相悖的人永难相处融洽，

三观不同的人永难同心同德，

勤奋努力的人与懒惰坠落之人永难志同道合。

理解你的人，不需要解释，不理解你的人，解释也是枉然。

真懂你的人，决不会因为是是非非否定你。

无须活在别人的眼里，无须在意他人口舌，无须讨好巴结任何人。

坚信自己，做好自己，成就自己，成名自己。

心量决定能量

人人心中都有一条河，
河的宽度与深度决定着河的能量。
河宽水深无声息，
宽可泛舟，深可藏蛟龙，
伴日月而不枯，临风雨而不惊。
河窄水浅，
窄只容浮叶，浅只爬虾鳅，
近秋季则干涸，遇土块便断流。
心量太小，小石头也能堵塞心胸。
心量大了，大礁石也难改变流向。
心若计较，再小的利益也争个头破血流。
心若放开，再大的好处也能豁达相让。
坏心情，是争出来的。
好心情，是让出来的。

有时候，宽容忍让引起的道德震撼，比争强好胜更强烈。

争，可赢一时；让，能赢一世。

当你胸中的那条河真能撑船时，遇到的所有人，都是你的摆渡人。

静能制胜

看过这样一个故事：

有个国王召集全国最顶尖的画家，为他创作一幅最宁静的画。最后有两幅作品入选。

第一幅画的是平静的湖，湖面如镜，倒映群山，如絮白云点缀其间。

第二幅画的是崎岖的山路，天空下着大雨，山脚下翻腾着瀑布。靠近看，瀑布后面有一小片树丛，树上有一个鸟巢，一只雌鸟安坐巢中。

国王看罢，选择了后者。

古人云："人心能静，虽万变纷纭，亦澄然无事；不静，则燕居闲暇，亦冲然靡宁。静在心，不在境。"

这个世界纷扰嘈杂，泥沙混杂，世风日下，但是，只要自省心静，外界便鸦雀无声。

一个人能控制表情，但难以控制心情；不要光看一个人脸上的笑容,而要体察其内心的活动。

笑容可以应付任何人,却唯独骗不了自己的心;劝人的话都能说,轮到自己就是看不破;身外之物都分明,身上之情却不清。

人心不会说谎,隐藏着疼痛,却伪装成若无其事,其实不流泪的痛最疼,也许无言的平静,才是最真的。

清除杂念,内省则明,明则心静,静能致远。

心清现明月,意定天无云。

修身先净心,净心则心静,静能生慧,静能顿悟,静能制胜。

思想与观念

接近什么样的人，就会走什么样的路。牌友只会催你打牌，酒友只会催你干杯。而靠谱的人，却会引导你进步，这就是贵人。

所谓贵人，作家莫言在《晚熟的人》里讲："人最大的运气不是捡到钱，也不是中了奖，而是某天你遇到一个贵人，他打破了你原来的思维，提高了你的认识，进而提升你的境界，带你走上更高的平台。他可以鼓励你、指引你、帮助你，并不是直接给你带来利益的人，而是开拓你的眼界，给你正能量的人。"

选择大于努力——

择业不对，努力白费；

择友不对，被骗吃亏；

择路不对，必绕弯路；

想法不对，必犯糊涂；

方法不对,必然遭罪;

做法不对,必受惩罚。

在世界上最不统一的是信仰,最痛苦的是抉择,最难揣度的是人心。

在社会中最短缺的是思想,占据社会制高点的永远是信念。

平凡也是幸福

幸福不是实物，也不是状态，是一种领悟。

快乐也不是一直开心，而是能接受各种情绪的存在。努力不一定遂意如愿，而努力后一定会问心无愧；失败也不只是难过，而是为了明白下一次如何做得更好。

弯腰不是屈服，而是拾起丢掉的幸福。

世界上不是每个人都能抽到一手好牌，也不是每个人都能一帆风顺。在漫长的生命里，莫因激进而空劳其身，莫因寡断而空耗其志，挑战是生命的常态，不是做了或付出了就一定有收获，自不能因为失败的挑战为自己的生活提前画上句号。

付出不一定得到回报，笑脸不一定得到笑迎。

世界上所有的问题，不一定都有答案。这就是现实，不管承认与否，都在发生存在着。

路是自己选的，就算走错了也别花时间去解释，要花时间去证明。波澜不惊的起步，一定有波澜壮阔的过程，但不一定有波澜惊奇的结局。

走好自己的路，做好自己的事，管好自己的心，自己再平凡，也是限量版。

不要光看别人的成绩，要看得起自己，更要看重自己。

在你仰慕别人的幸福时，回首看看，你也被别人羡慕着。

慢慢历练，慢慢品味，体悟提升，就会有走向不凡的可能。

因为所有伟大、不凡和非凡都是在平凡里孕育、成熟、诞生！

所以在平凡里潜藏着追求的力量，憧憬的美好与理想的幸福。

信仰与才学

爱默生说:“有两件事我最憎恶:没有信仰的博才多学和充满信仰的愚昧无知。”

应该说,这是两种人或两种现象,而不仅仅是两件事。

而恰恰在我们的周围,每天都会遇到这两种人或这两种现象。

才学与知识如同水,信仰则如围堰。有围堰的水,小为水库,中为江河湖泊,大为海洋。都可滋养万物、济世益人。

而没有围堰或冲破围堤的水是洪水,洪水会给人类带来极大的灾难,甚至毁灭整个世界。

没有信仰的博才多学是洪水,充满信仰的愚昧无知是即将干涸的水,信仰和才学代表着人的价值框架,缺一不可!

欣然慰藉的星语感慨
（代后记）

笔耕星语已过五载，
两千多个日日夜夜，
六百多篇感悟抒怀，
每天近万人的分享，
寅时即起笔耕不息，
不负友人点赞鼓励。

越来越多的关注，
越来越多的反馈，
越来越多的好友，
越来越多的快乐！

星语不占你的流量，
星语不扰你的日常，

星语分享你的孤独，
星语化解你的惆怅。

星语是免费的午餐，
星语是肺腑的衷肠，
星语是拾零的妙悟，
星语是愉悦的加持；

星语不是高深的学问，
星语不是枯燥的说教，
星语不是讨好的巴结，
星语不是逞能的显摆；

星语没有利益利用，
星语没有钻营铜臭，
星语没有政治企图，
星语没有宗教崇仰；

心无杂念的调剂，
众口不一的品位，

心灵深处的告白，
满怀善意的祝福，
暖在心中的惦念，
难以忘怀的牵挂，
令人激动的共鸣，
融进脑海的记忆，
攥紧连心的纽带，
构筑友谊的桥梁。

感谢伟大的时代，
感激微信的载体，
感恩同频的挚友，
感受真情的温暖。

张星亮(星宇)

2023 年 10 月